BIBLIOTECA
HUMANIDADES

HISTORIOGRAFIA DA LITERATURA BRASILEIRA

INTRODUÇÃO

BIBLIOTECA HUMANIDADES

Roberto Acízelo de Souza

HISTORIOGRAFIA DA LITERATURA BRASILEIRA

INTRODUÇÃO

É Realizações
Editora

Editor
Edson Manoel de Oliveira Filho

Coordenador da Biblioteca Humanidades
João Cezar de Castro Rocha

Produção editorial, capa e projeto gráfico
É Realizações Editora

Diagramação
Nine Design Gráfico | Mauricio Nisi Gonçalves

Preparação de texto
Fernanda Simões Lopes

Revisão
Geisa Mathias de Oliveira

CIP-Brasil. Catalogação na Fonte
Sindicato Nacional dos Editores de Livros, RJ

S718h
Souza, Roberto Acízelo de, 1949-
Historiografia da literatura brasileira : introdução / Roberto Acízelo de Souza. - 1. ed. - São Paulo : É Realizações, 2018.
168 p. ; 21 cm. (Biblioteca humanidades)

Inclui índice
ISBN 978-85-8033-348-0

1. Historiografia. 2. Literatura brasileira - História e crítica. I. Título. II. Série.

18-51755 CDD: 809
CDU: 82.09

Meri Gleice Rodrigues de Souza - Bibliotecária CRB-7/6439
13/08/2018 15/08/2018

É Realizações Editora, Livraria e Distribuidora Ltda.
Rua França Pinto, 498 · São Paulo SP · 04016-002
Telefone: (5511) 5572 5363
atendimento@erealizacoes.com.br · www.erealizacoes.com.br

Este livro foi impresso pela Gráfica Paym em novembro de 2018. Os tipos são da família Minion Pro e Avenir Next. O papel do miolo é offset 90 g, e o da capa, cartão Ningbo C2 250 g.

SUMÁRIO

NOTA PRELIMINAR

1

Este livro retoma uma obra anterior – *Introdução à historiografia da literatura brasileira* –, publicada em 2007 e esgotada há alguns anos, mas, tantas alterações apresenta em relação à sua antecessora, que não pode ser considerado uma segunda edição. De saída, para a integração à Biblioteca Humanidades, de que constitui mais um volume, ganhou um Glossário, um Índice Temático e um Índice Onomástico. Por outro lado, suprimiram-se os capítulos que tratavam de autores específicos, conservando-se tão somente os de visada mais panorâmica, e as Referências foram expurgadas de títulos que, sem contribuírem para a elaboração conceitual do texto, correspondiam a obras que foram simplesmente objetos de descrição. Os capítulos conservados, por seu turno, além das inevitáveis emendas visando ao aperfeiçoamento de detalhes de linguagem, foram corrigidos em uma ou outra imprecisão que detectamos, bem como sofreram acréscimos, com os objetivos de estender e atualizar as informações que continham. Um deles – "O culto brasileiro da literatura portuguesa: raízes oitocentistas" –, porém, foi expurgado de segmentos que julgamos dispensáveis. Em contrapartida, acrescentaram-se dois capítulos, como uma espécie de contraponto mais teórico em relação aos demais, de natureza basicamente descritiva. Por fim, o conjunto de dez capítulos assim constituído propiciou uma segmentação em três partes, arranjo inexistente no título de 2007: "Definição de uma área de estudos: literatura brasileira"; "Relações com a literatura portuguesa"; "Questões teóricas".

2

Os dois capítulos ausentes da publicação de 2007, que incorporamos por julgá-los perfeitamente adequados para o plano do livro, foram antes publicados de maneira autônoma. "A ideia de história da literatura" saiu na *Revista do Instituto Histórico e Geográfico Brasileiro* (a. 176, n. 466, p. 211-19), e "Definição de literatura: perspectivas conceitual e historiográfica", nos *Anais eletrônicos do XV Encontro ABRALIC – 19 a 23 de setembro de 2016* (p. 371-77), disponível em: <http://www.abralic.org.br/anis>.

Alguns dos capítulos conservados, antes de figurarem no livro de 2007, foram objeto de publicações preliminares avulsas, a seguir referidas: "Ao raiar da literatura brasileira: sua institucionalização no século XIX" (RIBEIRO, Eliana Bueno; LE BARS-POUPET, Armelle [Org.]. *Essays de littérature et de culture brésilienne*. Paris: Ambassade du Brésil, 1998. p. 55-62; *Cadernos de Letras da UFF*, Niterói, RJ, n. 14, p. 107-13, 1997); "Historiografia literária brasileira: origens e desdobramentos oitocentistas" (*Portuguese Literary and Cultural Studies*, Darmouth, MA, University of Massachusetts, v. 4/5, p. 541-48; ROCHA, João Cezar de Castro [Org.]. *Nenhum Brasil existe*: pequena enciclopédia. Rio de Janeiro: Topbooks, 2003. p. 865-72); "O culto brasileiro da literatura portuguesa: raízes oitocentistas" (MONTEIRO, Maria Conceição; OLIVEIRA, Tereza Marques de [Org.]. *Dialogando com culturas*: questões de memória e identidade. Niterói, RJ: Vício de Leitura, 2003. p. 139-54.); "A literatura brasileira em face da portuguesa no século XIX: unionismo e separatismo" (HENRIQUES, Ana Lúcia de Souza [Org.]. *Literatura e comparativismo*. Rio de Janeiro: Eduerj, 2005. p. 85-96.); "As histórias literárias portuguesas e a emancipação da literatura do Brasil" (*Scripta*: Revista do Departamento de Letras da PUC-MG, Belo Horizonte, v. 10, n. 19, p. 131-44, 2006).

PARTE 1

DEFINIÇÃO DE UMA ÁREA DE ESTUDOS: LITERATURA BRASILEIRA

1. AO RAIAR DA LITERATURA BRASILEIRA: SUA INSTITUCIONALIZAÇÃO NO SÉCULO XIX

1

Um dos tópicos centrais no pensamento romântico é a ideia de que cada nação se distingue por peculiaridades físico-geográficas e culturais; assim, a literatura, entendida como privilegiada parcela da cultura, funcionaria à maneira de um espelho em que o espírito nacional poderia mirar-se e reconhecer-se.

Nos países americanos, a difusão dessas concepções coincidiu com o corte dos vínculos políticos com as potências colonialistas europeias, tendo então despontado, entre os empreendimentos de afirmação e consolidação das nações emergentes, a urgência de se desenvolverem literaturas nacionais específicas, aptas a integrarem, em posição de especial destaque, o vasto canteiro de obras das nacionalidades em construção. Essas literaturas surgem, pois, como instituições inseridas no projeto de independência nacional; se a nação existe ou pretende existir, é necessário que disponha de uma literatura própria, cuja história, concebida como narrativa de sua fundação e de seu destino, concretiza-se em livros e como disciplina inscrita no currículo escolar.

No caso brasileiro, pode-se acompanhar o processo de institucionalização da literatura nacional pela análise dos programas de ensino do Colégio Pedro II, estabelecimento fundado em 1837, sob o patrocínio direto do imperador e destinado a servir de modelo para um sistema educacional próprio a ser implantado no País.

2

Comecemos pela caracterização dos documentos estudados. O Núcleo de Documentação e Memória do Colégio Pedro II conserva no acervo publicações que contêm a relação das disciplinas constantes do currículo, sua distribuição por séries, os respectivos programas e as listas de livros adotados.[1] No que concerne ao século XIX, período pertinente para nossos objetivos, localizamos os programas de ensino referentes aos anos de 1850, 1851, 1858, 1860, 1862, 1863, 1865, 1870, 1877, 1879, 1881, 1882,1883, 1885, 1892, 1893, 1895, 1896, 1897, 1898, 1899 e 1900. A periodicidade irregular das publicações faz crer que não foi possível sua preservação integral – até recentemente, as precárias condições da biblioteca do Colégio, prolongando uma situação que não será apenas de hoje, favorecem essa hipótese –, ou que um mesmo

[1] Todos os programas consultados para a análise que se segue encontram-se reproduzidos em Souza, 1999, Apêndice I: Programas de Ensino do Colégio Pedro II/Ginásio Nacional (p. 157-97).

programa podia vigorar por diversos anos seguidos, conforme arbítrio das autoridades educacionais. Seja como for, o material disponível é bastante representativo das concepções de ensino vigentes no século XIX, permitindo um amplo conhecimento sobre a situação das diversas disciplinas.

Deve-se esclarecer, antes de passarmos à análise do tópico que nos interessa, que o Colégio Pedro II era uma instituição de Ensino Médio, destinada à formação de bacharéis em um período de sete anos. Como não havia no País curso superior de Letras – situação que persistiu até a década de 1930 –, o Colégio acabava preenchendo essa lacuna, tanto que surgiram propostas pioneiras de criação de uma Faculdade de Letras no seu âmbito, em 1883 (cf. Lajolo, 1988, p. 11) e em 1923 (cf. Dória, [1937], p. 259).

O ensino do que hoje chamaríamos *literatura* se ministrava sob designações curriculares diversas: *retórica*, *poética*, *literatura nacional*, *história da literatura* (portuguesa, brasileira, da língua portuguesa, nacional, geral), *literatura*, *literatura geral*, *história literária*. Concentrava-se no sexto e no sétimo anos do curso, com exceção do ocorrido em 1877, quando sua inserção se deu no quinto e no sétimo anos, bem como no biênio 1899/1900, quando as disciplinas literárias estiveram alocadas no quinto e no sexto anos. Vamos acompanhar agora como a literatura brasileira foi conquistando espaço no currículo, em um claro movimento de consolidação institucional de sua presença.

Em 1850, chama-se *retórica* a disciplina ensinada no sexto e no sétimo anos; seu conteúdo programático era universalista, e a presença da literatura brasileira se restringia a três pontos no conjunto dos quarenta previstos para o sétimo ano. Sob os referidos três pontos, estudava-se o *Caramuru*, de Santa Rita Durão, tudo indicando que não por um suposto caráter nacional do poema, mas por sua condição hipotética de epopeia exemplar, considerando a posição que ocupava no programa, último elo de cadeia em que se sucediam *Ilíada*, *Odisseia*, *Eneida*, *Farsália*, *Jerusalém libertada*, *Orlando furioso*, *Lusíadas*, *Telêmaco*, *Henríada* e *Paraíso perdido*.

Em 1851, não há modificação de monta: apenas uma segunda obra escrita por um autor nascido no Brasil é admitida no rol das epopeias canônicas: *O Uraguai*, de Basílio da Gama. Amplia-se, assim, a presença brasileira no programa: seis pontos em um universo de quarenta.

Em 1858, continua a escalada. A disciplina do sexto ano chama-se ainda *retórica*, nela não havendo lugar para o elemento nacional. Mas a disciplina do sétimo passa a denominar-se *retórica e poética*, constando em seu programa menção explícita a "literatura nacional" e "literatura brasileira", ainda que em nítida subordinação à literatura portuguesa: "história da literatura portuguesa e nacional"; "curso de literatura antiga e moderna, especificamente da portuguesa e brasileira". O grau de institucionalização escolar da literatura brasileira permanece, como se vê, ainda bastante incipiente, tanto que, se para a retórica e a poética listam-se os livros adotados, no que tange aos conteúdos nacionais prescreve o programa: "Enquanto não houver compêndio próprio, o professor fará em preleções um curso [...]".

O programa de 1860 apresenta modificações significativas em relação aos da década anterior.

A expressão *retórica e poética* passa a ser utilizada tanto para a disciplina do sexto como para nomear a do sétimo ano, ambas acolhendo conteúdos universalistas. O elemento nacional, até então restrito a poucos tópicos dos programas de retórica e poética, expande-se consideravelmente, pulando para trinta pontos e abrigando-se em uma disciplina específica, ministrada no sétimo ano e chamada *literatura nacional*. Sob "literatura nacional", contudo, trata-se também da portuguesa, à qual, aliás, a brasileira se subordina, o que se manifesta em sequências do programa de que é exemplo: "14. poetas líricos portugueses; 15. idem brasileiros". Dos trinta pontos, os dois primeiros tratam respectivamente da origem da língua portuguesa e da noção e divisão da sua literatura; os demais se dividem assim: vinte se ocupam com literatura portuguesa e oito com brasileira. E continua a precariedade dos materiais de estudo, já que como livro adotado o programa determina: "Postila do professor".

Em 1862, quanto às disciplinas, não se registram mudanças de vulto. Ensinam-se retórica, no sexto ano, e poética e literatura nacional, no sétimo. O programa desta última, embora em formulação mais sintética, continua abrangendo toda a história das literaturas portuguesa e brasileira, das origens medievais às "tendências da nova literatura". Um importante fato novo, no entanto, reforça o processo de consolidação da literatura brasileira como disciplina acadêmica; enfim, surge o primeiro compêndio adotado, obra publicada naquele mesmo ano de 1862, o livro *Curso elementar de literatura nacional*, de autoria de um professor do Colégio, o cônego Joaquim Caetano Fernandes Pinheiro (1825-1876).

Nos programas dos anos de 1863 e 1865, não se registram novidades, inclusive quanto ao compêndio adotado.

Em 1870, contudo, introduz-se uma alteração que tenderá a crescer até 1885: retórica e poética permanecem, no sexto ano, mas, no sétimo, além da história das literaturas portuguesa e brasileira, introduz-se a "história da literatura em geral", cuja descomedida proposição era cobrir a "evolução" da "literatura" em todos os tempos e lugares, desde produções antigas – orientais e greco-latinas – até as principais literaturas europeias modernas e seus desdobramentos americanos, a partir de suas origens medievais. O livro de apoio continua sendo o *Curso elementar de literatura nacional.*

Nos programas relativos aos anos de 1877, 1879, 1881, 1882, 1883 e 1885, permanece o esquema posto em prática em 1870, não obstante diferenças na seriação e na nomenclatura das disciplinas literárias, bem como em detalhes na sequência dos pontos estudados: inicia-se com retórica e poética, ocupadas com conteúdos universalistas e teóricos, para, em seguida, passar-se ao estudo histórico das literaturas, aí compreendidas, além da portuguesa e da brasileira, as tradições literárias antigas e as modernas dos principais povos da Europa. Quanto aos livros adotados, para 1877 prescreve o programa: "O compêndio de literatura estrangeira e brasileira que for aprovado pelo governo"; para 1879 e 1881, *Le Brésil littéraire*, de Ferdinand Wolf (1796-1866);[2]

[2] A adoção do livro de Wolf indicia o caráter ainda precário da presença institucional da literatura brasileira, pois é sintoma da carência de materiais disponíveis para estudo. Trata-se de um compêndio escrito por um austríaco originalmente em alemão, tendo sido publicado em

para 1882, *Le Brésil littéraire* (sexto ano) e "História literária: cônego Fernandes Pinheiro" (sétimo ano), que só pode ser referência imprecisa ao *Resumo de história literária*, obra em dois volumes, publicada em 1873; para 1882 e 1883, *Le Brésil littéraire* (sexto ano) e *Histoire abregée des principales littératures de l'Europe ancienne et moderne*, de L. L. Buron, "com postilas complementares do professor".

A partir do programa de 1879, e até o de 1885, há um aspecto que interessa pôr em relevo, por sua correlatividade com a trajetória da literatura brasileira em direção à sua hegemonia no currículo. Referimo-nos à queda do *status* acadêmico de literatura portuguesa, decorrência do divórcio entre os ensinos de literatura portuguesa e brasileira. Assim, enquanto esta passa a ser presença exclusiva na disciplina literatura nacional, aquela é remanejada para literatura geral e história literária – ora merecendo apenas referência sumaríssima (1879 e 1881), ora ocupando alguns pontos entre os dedicados a literaturas estrangeiras (1883 e 1885) –, ou se reduz a uma menção mínima, como influência exercida na literatura brasileira (1882).

O ano de 1892 assiste à consumação do processo de institucionalização da literatura brasileira no currículo escolar, adotando uma sistemática destinada a vigorar também nos programas de 1893, 1895, 1896 e 1897. O ensino literário passa a ser ministrado em uma única série (sexto ou sétimo ano), representado exclusivamente pela disciplina história da literatura nacional, ou, na formulação de 1895, simplesmente

Berlim, no ano de 1863, em tradução francesa, sob os auspícios do imperador Pedro II.

literatura nacional. Esta, como já vinha acontecendo desde 1879, já não inclui literatura portuguesa, senão a título de "estudo sucinto [...] como introdução ao estudo da literatura brasileira". No entanto, na prática, isso significou uma recuperação de prestígio para a literatura portuguesa, que, estudada no seu desenvolvimento das origens medievais ao século XVIII, ocupa cinco dos dezenove pontos do programa, sendo os demais assim distribuídos: um para fundamentos teóricos gerais; um para fundamentos teóricos específicos para literatura brasileira; doze para períodos, gêneros e autores da literatura brasileira. O elemento nacional passa assim a dominar tudo, eliminando-se não só o estudo dos fundamentos universalistas e teóricos constituídos por retórica e poética, mas também a abordagem historicista das tradições literárias clássicas e estrangeiras modernas, que, desde 1870, vinha sendo disciplinarmente expressa por história da literatura geral, literatura geral ou história literária. Além do próprio nome da disciplina – *história da literatura nacional* – e da presença amplamente majoritária no programa de tópicos de literatura brasileira, outro sinal de sua plena institucionalização é o livro adotado para o ensino: trata-se da *História da literatura brasileira*, de Sílvio Romero (1851-1914), obra nacional de 1888 apta a substituir, com vantagens para o processo de consolidação institucional da disciplina, o tratado estrangeiro pelo qual os alunos estudavam até então: *Le Brésil littéraire*, de Ferdinand Wolf.

Por fim, chegamos aos últimos anos do século XIX. Em 1898, restaura-se o ensino da chamada *literatura geral*, permanecendo o da literatura brasileira nas mesmas bases do período que vai de 1892 a 1897, isto é, com a portuguesa estudada até o século XVIII, concebida assim como uma espécie de protoliteratura brasileira, e a *História da literatura brasileira*, de Sílvio Romero continua como livro adotado. Quanto ao biênio 1899/1900, o panorama muda um pouco, mas não em concepções e conteúdos, havendo tão somente um remanejamento na distribuição da matéria: o ensino literário volta a ser ministrado em duas séries (quinto e sexto anos); conserva-se a posição de destaque e autonomia conquistada pela literatura brasileira no sistema escolar; a literatura portuguesa recupera sua especificidade disciplinar, e seu estudo passa a incluir o período romântico; os programas não indicam livros de apoio.

3

Concluída a descrição dos programas, podemos resumi-la no seguinte quadro, a que acrescentamos um segundo, destinado à visualização dos livros adotados para apoio ao ensino das disciplinas literárias:

Quadro nº 1

SÉRIE / ANO	5º ANO	6º ANO	7º ANO
1850/ 1851		Retórica	Retórica
1858		Retórica	Retórica e poética
1860		Retórica e poética	Retórica e poética; literatura nacional

1862/ 1863/ 1865		Retórica	Poética; literatura nacional
1870		Retórica e poética	História da literatura geral, portuguesa e nacional
1877	Retórica e poética		Literatura; história da literatura portuguesa; história da literatura brasileira
1879		Retórica; poética; literatura nacional	Literatura geral
1881/ 1882/ 1883/ 1885		Retórica; poética; literatura nacional	História literária
1892/ 1893/ 1895		(História da) literatura nacional	
1896/ 1897			História da literatura nacional
1898			História da literatura geral e da nacional
1899/ 1900	Literatura; história da literatura da língua portuguesa	História da literatura portuguesa; história da literatura brasileira	

Quadro nº 2

Ano	Livros Adotados
1850/ 1851	
1858	*Nova retórica* (Le Clerc; trad. do Dr. Paula Meneses); *Lições elementares de poética* [*nacional*] (F. Freire de Carvalho)
1860	*Nova retórica brasileira* (Antônio Marciano da Silva Pontes); em sua falta, *Nova retórica* (Victor Le Clerc, trad. pelo Dr. Paula Meneses); e *Lições elementares de poética nacional* (F. Freire de Carvalho); Postila do professor
1862	*Nova retórica brasileira* (Antônio Marciano da Silva Pontes); *Lições* [*elementares*] *de poética* [*nacional*] (F. Freire de Carvalho); *Curso elementar de literatura nacional* (Cônego Dr. J. C. Fernandes Pinheiro)
1865	*Lições elementares de eloquência* (Francisco Freire de Carvalho); *História da vida do padre Francisco Xavier* (Lucena); *Lições elementares de poética* [*nacional*] (Francisco Freire de Carvalho); *Virgílio brasileiro* (Manuel Odorico Mendes)
1870	Postila do professor; *Curso elementar de literatura nacional* (Cônego Dr. J. C. F. Pinheiro)
1877	Compêndio que for aprovado pelo governo; *Tratado de metrificação* (Visconde de Castilho); *Seleta nacional* – 2ª parte (oratória) (F. J. Caldas Aulete); *Poesias seletas* (Midosi); *Manual de história da literatura portuguesa* (Teófilo Braga); compêndio de literatura estrangeira e brasileira que for aprovado pelo governo
1879	*Compêndio de retórica e poética para uso dos alunos do Imperial Colégio de Pedro II* (Cônego Manuel da Costa Honorato); *Le Brésil littéraire*; histoire de la littérature brésilienne (Ferdinand Wolf)

1881	[*Compêndio de*] *Retórica e poética para uso dos alunos do Imperial Colégio de Pedro II* (Cônego Manuel da Costa Honorato) – provisoriamente; *Le Brésil littéraire*: histoire de la littérature brésilienne (Ferdinand Wolf); *Précis de l'histoire de littérature européennes et orientales* (Lévi Alvarès, pére); *Manual da história da literatura portuguesa* (Teófilo Braga)
1882	*Lições de retórica* (José Maria Velho da Silva); Postilas do professor – para poética (José Maria Velho da Silva); [*Le Brésil littéraire*:] histoire de la littérature brésilienne (Ferdinand Wolf); Postilas do professor – em falta de compêndio; [*Resumo de*] *História literária* (Cônego Fernandes Pinheiro)
1883	*Lições de retórica* (José Maria Velho da Silva); Postilas do professor – para poética (José Maria Velho da Silva); [*Le Brésil littéraire*:] histoire de la littérature brésilienne (Ferdinand Wolf); *Manual da história da literatura portuguesa* (Teófilo Braga); *Histoire abregée des principales littératures de l'Europe ancienne et moderne* – última ed. (L. L. Buron), com Postilas complementares do professor
1892/ 1893	*História da literatura brasileira* (Sílvio Romero)
1895/ 1896/ 1897	*História da literatura brasileira* (Sílvio Romero); *Curso de história da literatura portuguesa* (Teófilo Braga)
1898	*Literatura antiga e medieval* (Adolfo Coelho); [*Resumo de*] *História literária* (Fernandes Pinheiro); *Curso de história da literatura portuguesa* (Teófilo Braga); *História da literatura brasileira* (Sílvio Romero)
1899/ 1900	Sem indicação de referências bibliográficas

4

Podemos agora fazer um balanço desse inventário, na expectativa de que o cansativo exame dos documentos e a monotonia da exposição possam trazer algum proveito.

Constatamos assim, mediante atenção ao caso brasileiro, o lento processo histórico que conduz à legitimação da literatura nacional, por uma de suas vias privilegiadas, a do sistema de ensino, que não só a institucionaliza como disciplina, mas também canoniza certas narrativas a seu respeito, ao transformá-las em – a expressão é sintomática – "livros adotados". A análise desse processo nos sugere três ordens de considerações.

Inicialmente, observa-se que o modo pelo qual se estudou literatura no Brasil oitocentista implicou em geral um contraponto entre a visada universalista (instituída no currículo quer pelo absolutismo infenso à variabilidade histórica representado por retórica e poética, quer pelo relativismo historicista do que se chamava *literatura*, *literatura geral*, *história literária* ou *história da literatura*) e a perspectiva nacional (traduzida em termos curriculares por literatura nacional, história da literatura nacional ou história da literatura brasileira). Menos do que avaliar os resultados de tal procedimento, deve-se reconhecer seu caráter inevitável, tendo em vista as peculiaridades da formação da sociedade brasileira, oscilante entre o impulso cosmopolita de identificação com a Europa e a correspondência com os apelos particularistas da circunstância tropical-americana.

Outra questão a destacar é o *status* privilegiado jamais subtraído à literatura portuguesa (com exceção relativa para o que ocorre no curto período que vai de 1879 a 1885), situação que, por sinal, se prolongou pelos séculos XX e XXI afora. Basta lembrar que ainda hoje nossos currículos universitários em geral equiparam literatura brasileira e literatura portuguesa, concedendo a ambas a condição de disciplinas obrigatórias nos cursos de Letras, privilégio, aliás, não estendido às outras literaturas nacionais de língua portuguesa, muito embora possam elas ser reconhecidas – pelo mesmo critério político que "emancipou" as literaturas americanas no século XIX – desde 1974, ano da independência das antigas colônias portuguesas da África.

Por fim, verifica-se como a ideia do nacional, praticamente desconhecida no ensino de retórica em 1850 – ou, se tanto, apenas vagamente prenunciada pela presença do *Caramuru* entre os tópicos estudados –, vai aos poucos conquistando posição: inicialmente, mediante a inserção, no programa de 1860, de nova disciplina chamada *literatura nacional*, que, entretanto, não só ocupa posição subalterna em relação a retórica e poética, mas também inclui literatura portuguesa, à qual subordina a brasileira, tanto que, enquanto aquela se expande em 20 pontos, esta se restringe a somente oito; depois, na consumação do processo, materializada por história da literatura nacional, disciplina que impera absoluta no programa de 1892, sem a concorrência de retórica e poética, e com a redução da literatura portuguesa a mero preâmbulo introdutório para o estudo exclusivo da literatura do Brasil.

Percebe-se, então, que a existência da literatura brasileira como matéria de ensino está longe de ser um fato natural. Trata-se antes de uma construção histórica, encetada após a independência e concluída nas imediações da proclamação da república. Não sendo emergência da natureza das coisas, seu *status* é contingente e, por conseguinte, superável; tendo-se arquitetado sob as condições de um certo tempo, deve-se admitir a possibilidade de sua ultrapassagem. Aliás, não será hoje o que já se anuncia, mais de cem anos depois de consumada a sua institucionalização, com o retraimento dos nacionalismos diante do processo da globalização, cujo análogo acadêmico parece ser a voga da literatura comparada, disciplina nas últimas décadas absorvida pelo estudo de objetos recortados por critérios outros que não o da nacionalidade?[3]

[3] Tais objetos, como logo se percebe, são constituídos por "literaturas" especificadas por critérios de gênero, etnia ou orientação sexual, como, por exemplo, literatura feminina, literatura afro-brasileira, literatura *gay*.

2. HISTORIOGRAFIA LITERÁRIA BRASILEIRA: ORIGENS E DESDOBRAMENTOS OITOCENTISTAS

1

A constituição da história da literatura brasileira como área de estudos – e, naturalmente, a do próprio conceito que lhe é correlativo, o de literatura brasileira – se processa em um período situado entre 1805 e 1888.[1] A primeira data corresponde à publicação do quarto volume da obra *Geschichte der Poesie und Beredsamkeit seit dem Ende des Dreizehnten Jahrhunderts* (*História da poesia e da eloquência desde o fim do século XIII*), intitulado *Geschichte der Portugiesischen*

[1] Podemos, contudo, recuar ao século XVIII o início da nossa historiografia literária, desde que consideremos história literária os antecedentes não narrativos da disciplina, isto é, repertórios biobibliográficos compostos por notícias sobre autores e livros colecionadas sob a forma de verbetes dispostos em ordem alfabética. Nesse gênero, possuímos a *Biblioteca lusitana*, monumento barroco em quatro volumes, publicados em Lisboa, de 1741 a 1759, de autoria do abade Diogo Barbosa Machado (1682-1772), no qual se contam diversos verbetes dedicados a autores nascidos no Brasil.

Poesie und Beredsamkeit (*História da poesia e da eloquência portuguesa*), de autoria de Friedrich Bouterwek (1766-1828), em que a presença do Brasil, então ainda colônia de Portugal, se restringe à menção de dois escritores nascidos no País, Antônio José da Silva e Cláudio Manuel da Costa; a segunda, à publicação da *História da literatura brasileira*, de Sílvio Romero, trabalho que, pela abrangência e fundamentação conceitual, atesta a consolidação da disciplina. Entre essas datas extremas, apareceram diversas contribuições, de importância e natureza variadas, devidas a autores nacionais, portugueses e estrangeiros. Apresentaremos a seguir uma descrição genérica de tais contribuições, começando por aquelas devidas aos estrangeiros.

2

Elas podem ser classificadas em seis categorias.

Em primeiro lugar, dispomos de obras que, no corpo de estudos historiográficos sobre a literatura portuguesa, fazem menção a alguns autores nascidos no Brasil. Além da referida, assinada pelo alemão Friedrich Bouterwek, pertence a este grupo *De la littérature du midi de l'Europe* (1813), do suíço Simonde de Sismondi (1773-1842), em cujo último capítulo da parte dedicada à literatura portuguesa o Brasil é caracterizado como "nação nova que provavelmente herdará sozinha o gênio dos antigos portugueses, [que] começava [refere-se ao século XVII] a crescer e a elevar-se além dos mares" (Sismondi, 1819, *in* Souza, 2017, p. 250).

Em uma segunda categoria, a história da literatura brasileira torna-se objeto de tratamento mais desenvolvido e autônomo, embora ainda permaneça como adendo à história da literatura portuguesa. Seu representante é um livro do francês Ferdinand Denis (1798-1890), intitulado *Résumé de l'histoire littéraire du Portugal, suivi du Résumé de l'histoire littéraire du Brésil* (1826).

Um terceiro grupo, enfim, faz da produção brasileira presença exclusiva. Nele, incluem-se três estudos: "Juventude progressista do Rio de Janeiro" (1845-1846), do argentino José Mármol (1817-1871), publicado no periódico fluminense *Ostensor Brasileiro*; "De la poesía del Brasil" (1855), do espanhol Juan Valera (1824-1905), originalmente estampado na *Revista Espanhola de Ambos os Mundos* e no mesmo ano parcialmente dado a público em tradução n'*O Guanabara*, periódico do Rio de Janeiro; *A literatura brasileira nos tempos coloniais do século XVI ao começo do XIX: esboço histórico seguido de uma bibliografia e trechos dos poetas e prosadores daquele período que fundaram no Brasil a cultura da língua portuguesa* (1885), livro publicado em Buenos Aires (em português, no entanto), de um certo Eduardo Perié.[2]

Em uma quarta categoria, temos considerações sobre a produção literária nacional constantes de relatos de viagens ao Brasil. Integram-na as contribuições do alemão Carl Schlichthorst[3] – o capítulo "Literatura brasileira" do livro *Rio de Janeiro wie es ist* [*O Rio de Janeiro como ele é*] (1829) –, do inglês Richard Burton (1821-1890) – passagens de certa extensão de diversos capítulos do seu *Explorations of the highlands of*

[2] Pouco se sabe sobre o autor, presumivelmente um argentino.

[3] Quase nada se sabe sobre o autor, sendo ignoradas as datas de seu nascimento e de sua morte.

the Brazil [*Viagens aos planaltos do Brasil*] (1869) – e da francesa Adèle Toussaint-Samson (1826-1911) – sumárias observações na quarta parte do seu *Une parisienne au Brésil* (1883).

Um quinto conjunto encontramos em publicações de divulgação: certo *Curso de literatura portuguesa e brasileira* (*circa* 1830/1840), referido por Santiago Nunes Ribeiro[4] (*circa* 1820-1847) e Joaquim Norberto[5] (1820-1891), obra aparentemente perdida; o *tableau* XIII (referente às literaturas portuguesa e brasileira) do *Atlas historique et chronologique des littératures anciennes et modernes, des sciences et des beaux-arts* (1831), de Adrien de Mancy (1796-1862) e Ferdinand Denis; breve passagem do capítulo primeiro do livro Études sur le Brésil (1850), de Hippolyte Carvallo.[6]

Finalmente, uma sexta categoria é constituída pela obra *Le Brésil littéraire: histoire da la littérature brésilienne* (1863), do austríaco Ferdinand Wolf, primeiro livro inteiramente dedicado à história da literatura brasileira.

Dessas contribuições estrangeiras, cabe destacar a de Ferdinand Denis e a de Ferdinand Wolf.

O francês exerceu grande influência sobre os nossos românticos, com suas exortações ao nacionalismo literário, por meio das quais, com a autoridade de europeu, recomendava o corte de vínculos com o Velho Mundo. Assim, o seu *Résumé* se apresenta pontuado de passagens como a seguinte:

[4] Na primeira parte do ensaio "Da nacionalidade da literatura brasileira" (1843), publicado na revista *Minerva Brasiliense*, do Rio de Janeiro.

[5] No ensaio "Nacionalidade da literatura brasileira" (1860), publicado na *Revista Popular*, do Rio de Janeiro.

[6] Nenhuma informação obtivemos sobre o autor.

> A América, brilhante de juventude, deve ter pensamentos novos e enérgicos como ela própria; nossa glória literária não pode sempre iluminá-la com uma luz que se enfraquece ao atravessar os mares, e que deve apagar-se completamente diante das inspirações primitivas de uma nação cheia de energia. [...] a América deve ser livre tanto na sua poesia quanto no seu governo (Denis, 1826, *in* Souza, 2017, p. 259).

O austríaco, por sua vez, além de também ter influído no meio brasileiro por seus incentivos para a adoção de uma perspectiva nacionalista na produção e apreciações literárias, tornou-se importante referência didática, pela circunstância de sua obra – escrita originalmente em alemão, depois traduzida para o francês e publicada em Berlim sob os auspícios do imperador Pedro II – figurar entre os compêndios oficialmente adotados na escola brasileira do século XIX, o primeiro dedicado inteiramente à literatura brasileira.

3

Quanto às contribuições de autores portugueses, cabe considerá-las à parte relativamente às dos autores estrangeiros, por dois motivos correlatos: no século XIX, não são eles ainda propriamente estrangeiros no Brasil, e, por isso mesmo, mantiveram uma relação bem específica com a literatura brasileira então em processo de autonomização.

Tentemos, a exemplo do procedimento empregado no item anterior, distribuir essa produção em categorias.

Existem estudos dedicados à história literária portuguesa que abrem espaço para autores brasileiros, considerados, porém, integrantes da literatura portuguesa, tendo em vista o longo período de história comum entre Portugal e Brasil, bem como a consequente comunidade linguística entre as duas nações. Figuram nessa categoria: "História abreviada da língua e poesia portuguesa" – mais tarde publicada com o título de "Bosquejo da história da poesia e língua portuguesa" –, de Almeida Garrett (1799-1854), introdução da antologia *Parnaso lusitano* (1826); *Primeiro ensaio da história literária de Portugal* (1845), de Freire de Carvalho (1799-1854); *Ensaio biográfico-crítico sobre os melhores poetas portugueses* (1850-1855), de José Maria da Costa e Silva (1788-1854); várias obras de Teófilo Braga (1843-1924): *História da literatura portuguesa: introdução* (1870), *História do teatro português: a baixa comédia e a ópera – século XVIII* (1871), *Teoria da história da literatura portuguesa* (1872), *Manual de história da literatura portuguesa: desde as origens até o presente* (1875), *Teoria da história da literatura portuguesa* (3. ed., de 1881), *Curso de história da literatura portuguesa: adaptado às aulas de instrução secundária* (1885); e *Curso de literatura portuguesa* (1876), de Camilo Castelo Branco (1825-1890).

Outra categoria é constituída por ensaios críticos sobre autores específicos, casos de "Futuro literário de Portugal e do Brasil" (1848), de Alexandre Herculano (1810-1877), estudo sobre a estreia literária de Gonçalves Dias, publicado na *Revista Universal Lisbonense*; "Antônio Gonçalves Dias" e "Manuel Antônio Álvares de Azevedo", de Lopes de Mendonça

(1826-1865), ambos de 1855; "Gonçalves Dias" (1866) e "Literatura brasileira: José d'Alencar" (1867), de Pinheiro Chagas (1842-1895).

Menção à parte merece a série de três artigos de José da Gama e Castro (1795-1873) publicada no *Jornal do Comércio* do Rio de Janeiro em 1842, em que o autor, extrapolando de seu assunto inicial - que era reivindicar para portugueses o crédito por inventos e descobertas notáveis -, acaba defendendo a tese de que escritores como Cláudio Manuel da Costa e frei Francisco de São Carlos, embora nascidos no Brasil, seriam patrimônio das letras de Portugal, pois que as literaturas se definiriam pelas línguas em que são escritas, e assim não existiria - nem poderia vir a existir - literatura brasileira.[7]

Ora, essa questão das relações entre as culturas literárias de Portugal e do Brasil, aí compreendida a discussão em curso na época sobre a existência ou não de uma literatura brasileira específica e autônoma, se

[7] A mudança de rumo no tema inicial dos artigos foi determinada pelo fato de o autor considerar português o inventor das "artes de navegar pelos ares", Bartolomeu Lourenço de Gusmão, cuja nacionalidade portuguesa, contudo, foi contestada em carta de um leitor publicada logo em seguida no jornal, com o argumento de que o famoso Padre Voador nascera em Santos. Como, na mesma carta, afirma o tal leitor (que se assina com o pseudônimo O Brasileiro) que seria intolerável considerar portugueses Cláudio Manuel da Costa e frei Francisco de São Carlos - escritores que, segundo ele, "fazem incontestavelmente parte da literatura brasileira" -, Gama e Castro (que assinou seus artigos com o pseudônimo Um Português) replicou, expondo a tese mencionada. Desse modo, instalou-se uma polêmica por assim dizer de baixa intensidade - mas de longo curso - sobre a autonomia ou não das letras do Brasil em relação às de Portugal, que prossegue pelo menos até 1860, em ensaios de Santiago Nunes Ribeiro - "Da nacionalidade da literatura brasileira" (1843) - e Joaquim Norberto - "Nacionalidade da literatura brasileira (1860). A propósito: não é improvável que O Brasileiro seja o próprio Santiago Nunes Ribeiro.

apresenta, por razões de compreensão imediata, em diversos dos estudos portugueses aqui incluídos entre as contribuições inaugurais para a fundação da historiografia da literatura brasileira.

4

Passemos agora ao exame dos trabalhos devidos aos autores nacionais, começando por estabelecer uma divisão desse segmento em suas modalidades básicas.

Inicialmente, temos as antologias de poesia, na época chamadas *Parnasos* ou *Florilégios*, precedidas de prólogos que, algumas vezes, assumem proporções de sínteses historiográficas. Há também ensaios que constituem declarações de princípios sobre a ideia de literatura brasileira, envolvendo tanto reconstituições e avaliações do passado quanto projetos para as produções do presente e do futuro. Existem ainda estudos sobre a vida de escritores, constituindo as chamadas *galerias*, coleções de biografias de "varões ilustres" e "brasileiras célebres". As edições de textos, por seu turno, formam categoria à parte, com aparato composto por notícia biográfica sobre os respectivos autores, juízos críticos e notas explicativas. Uma quinta modalidade se configura em ensaios que apresentam resumos históricos da literatura brasileira, envolvendo o seu conjunto ou cingindo-se a um gênero específico, valendo por versões reduzidas de uma sexta modalidade – as histórias literárias em sentido estrito, isto é, livros dedicados a estabelecer periodizações e sínteses historiográficas, então chamados *Cursos* e *Resumos*, atentos mais ao panorama das épocas sucessivas do que à individualidade dos autores. Por fim, temos ensaios não propriamente historiográficos, mas de natureza crítica, sintonizados, porém, com a história literária, pela circunstância de se servirem do *Leitmotif* desta – o nacionalismo – como referencial para análises de valor, entre os quais podemos incluir, como um subtipo, textos caracterizáveis como de autocrítica, na medida em que dedicados pelo escritor à análise de suas próprias obras.

Vejamos a seguir alguns destaques em cada modalidade.

Entre as antologias, a mais antiga é o *Parnaso brasileiro* (1829-1832), de Januário da Cunha Barbosa (1780-1846), obra que dispõe de dois sintéticos textos introdutórios, ambos de escasso valor como notícia historiográfica. Posteriormente, apareceram outras antologias mais bem estruturadas e com prólogos mais extensos e informativos: um segundo *Parnaso brasileiro* (1843-1848), de Pereira da Silva (1817-1898); o *Florilégio da poesia brasileira* (1850-1853), de Francisco Adolfo de Varnhagen (1816-1878); o *Mosaico poético* (1844), de Joaquim Norberto e Emílio Adet (1818-1867). Contam-se ainda na modalidade antologias algumas de datas posteriores, porém pobres de informações historiográficas (talvez porque já se dispunha então dos chamados *Cursos* ou *Resumos*), organizadas por Fernandes Pinheiro – *Menandro poético* (1864) – e Melo Morais Filho (1844-1919): *Curso de literatura brasileira* (1870)[8] e *Parnaso brasileiro* (1885).

A modalidade a que chamamos *declarações de princípios*, por sua vez, é constituída por manifestos

[8] Não obstante o título, trata-se de uma antologia.

românticos empenhados tanto em avaliar o passado literário do País segundo premissas nacionalistas – acentuando assim a identificação crescente de nossa produção com a especificidade da natureza e da história brasileiras – quanto em projetar um futuro no qual os últimos indícios de submissão colonial à Europa viessem a ser definitivamente superados. O paradigma aqui é o "Ensaio sobre a história da literatura do Brasil" (1836) – cujo título a partir da sua segunda publicação (1865) teria a primeira palavra alterada para "Discurso" –, de Gonçalves de Magalhães (1811-1882), escritor que seus contemporâneos consideravam o "chefe da escola romântica". Trata-se de estudo originalmente publicado no primeiro número da revista *Niterói*, periódico lançado em Paris no ano 1836, com o intuito de promover o romantismo no Brasil. Nessa modalidade, destacam-se também dois ensaios de Santiago Nunes Ribeiro, sob o título "Da nacionalidade da literatura brasileira" (1843), publicados na *Minerva Brasiliense*, revista fundada no Rio de Janeiro visando à divulgação das ideias românticas.

No gênero galerias, destacam-se *Plutarco brasileiro* (1847), de Pereira da Silva, livro depois republicado em versões bastante alteradas sob o título de *Varões ilustres do Brasil durante os tempos coloniais* (1858 e 1868), *Biografias de alguns poetas e homens ilustres da província de Pernambuco* (1856-1858), de Antônio Joaquim de Melo (1794-1873), *Brasileiras célebres* (1862), de Joaquim Norberto, e *Panteon maranhense* (1873-1875), de Antônio Henriques Leal (1828-1885).

Entre as edições de textos, contam-se trabalhos de Joaquim Norberto e Varnhagen. O primeiro é responsável por diversas edições de poetas do seu século e do século XVIII: Gonzaga (1862), Silva Alvarenga (1864), Alvarenga Peixoto (1865), Gonçalves Dias (1870), Álvares de Azevedo (1873), Laurindo Rabelo (1876), Casimiro de Abreu (1877); o segundo, por edições dos poemas setecentistas de José Basílio da Gama (*O Uraguai*) e José de Santa Rita Durão (*Caramuru*), reunidos no livro *Épicos brasileiros* (1845), bem como por textos de um poeta (Bento Teixeira) e de prosadores (Vicente do Salvador, Ambrósio Fernandes Brandão, Gabriel Soares de Sousa) do período colonial. Deve-se destacar também a edição do primeiro volume das obras de Gregório de Matos – poeta até então publicado apenas em antologias –, surgido em 1882, sob a responsabilidade de Alfredo do Vale Cabral (1851-1896).

Do gênero resumos históricos, podemos destacar: "Literatura brasileira" (1837), ensaio de Gonçalves de Magalhães publicado no *Jornal dos Debates Políticos e Literários*, do Rio de Janeiro; "Bosquejo da história da poesia brasileira" (1841), introdução de Joaquim Norberto ao seu livro de poemas *Modulações poéticas*; e a introdução de Pereira da Silva ao seu livro *Os varões ilustres do Brasil durante os tempos coloniais* (1858).

Por fim, entre as narrativas mais extensas do processo literário – as histórias literárias em sentido estrito, concebidas com propósitos didáticos, aliás explícitos em seus títulos –, figuram obras de Joaquim Caetano Fernandes Pinheiro e Francisco Sotero dos Reis (1800-1871).

O primeiro é autor do *Curso elementar de literatura nacional* (1862), que, não obstante o título, não trata apenas da literatura brasileira, mas também da portuguesa, que inclusive ocupa o maior espaço da obra.

É que, segundo Fernandes Pinheiro, só haveria literatura brasileira distinta da portuguesa a partir da independência e do romantismo, pois, até então, ainda que

> certa fisionomia própria [...] caracteriza[sse] os poetas americanos, e [...] os extrema[sse] de seus irmãos de além-mar [, tais] diferenças provenientes da influência do clima e dos costumes [...] não eram suficientes para constituir uma literatura independente (Pinheiro, 2007 [1862], p. 212).

Também de sua autoria é o *Resumo de história literária* (1873), em que Fernandes Pinheiro permanece fiel à tese exposta no *Curso* quanto à separação tardia entre as literaturas portuguesa e brasileira. A obra tem a pretensão, bem própria do historicismo romântico – que hoje nos pareceria ingênua –, de abranger a literatura de todas as épocas e países. Assim, seu primeiro volume, além dos prolegômenos usuais, apresenta capítulos dedicados às literaturas orientais, hebraica, grega, latina, italiana, francesa, inglesa (complementado por apêndice sobre o que chama "literatura anglo-americana"), alemã e espanhola (complementado por apêndice sobre o que chama "literatura hispano-americana"), enquanto o segundo volume cobre o espaço da língua portuguesa, subdividindo-se em duas partes: literatura portuguesa e literatura luso-brasileira.

Sotero dos Reis, por seu turno, é autor do *Curso de literatura portuguesa e brasileira* (1866-1873). O conteúdo relativo à literatura brasileira é tratado em parte dos volumes quarto e quinto, começando o autor sua narrativa e suas análises com poetas do século XVIII, que considera "precursores", pois, segundo ele, apenas os escritores do período pós-independência deveriam ser incluídos no que chama "literatura brasileira propriamente dita".

Entre essas obras empenhadas em estabelecer periodizações e traçar panoramas generalistas do processo literário, deve-se referir ainda a *História da literatura brasileira* planejada por Joaquim Norberto. Diferentemente dos demais estudos semelhantes antes mencionados, este não tem objetivos didáticos, tratando-se antes de apaixonada defesa de ideias românticas relativas ao conceito de literatura brasileira. Aplica-se à valorização da natureza do País e dos seus primitivos habitantes, vendo aquela como grandiosa e edênica e estes como bons selvagens, elementos que, na sua complementaridade recíproca, constituiriam o penhor para o desenvolvimento de uma literatura original e autenticamente brasileira. Publicada sob a forma de capítulos em números sucessivos de um periódico romântico do Rio de Janeiro – a *Revista Popular* –, entre os anos de 1859 e 1862, essa *História* não chegou a ser concluída, não se tendo transformado, portanto, no livro que o autor se propusera posteriormente organizar, com a reunião dos capítulos em um volume.[9]

Quanto a ensaios de natureza crítica, comprometidos, no entanto, com a ideia-chave da historiografia – isto é, a constituição de uma literatura nacional autenticamente brasileira –, podemos destacar: "Ensaio

[9] Organizaram-se, contudo, duas edições póstumas reunindo os capítulos que chegaram a ser escritos: *Capítulos de história da literatura brasileira*: e outros estudos. Edição e notas de José Américo Miranda e Maria Cecília Boechat. Belo Horizonte, Faculdade de Letras da UFMG, 2001; *História da literatura brasileira*: e outros ensaios. Organização, apresentação e notas de Roberto Acízelo de Souza. Rio de Janeiro, Zé Mário Ed.; Fundação Biblioteca Nacional, 2002.

crítico sobre a coleção de poesias do Sr. D. J. G. de Magalhães" (1833), de Justiniano José da Rocha (1812-1862), publicado na *Revista da Sociedade Filomática*; "*A moreninha*, por Joaquim Manuel de Macedo" (1844), de Antônio Francisco Dutra e Melo (1823-1846), estampado na revista *Minerva Brasiliense*; "José Alexandre Teixeira de Melo: *Sombras e sonhos*" (1859), de Macedo Soares (1838-1905), impresso na *Revista Mensal do Ensaio Filosófico Paulistano*. E como representantes do subtipo autocrítica podemos mencionar a extensa e importante produção ensaística de José de Alencar (1829-1877), reflexão acerca do significado de sua própria obra no empenho coletivo de construir-se uma expressão literária genuinamente nacional.

Façamos referência, por fim, a textos que podem ser incluídos nessas manifestações fundadoras da nossa historiografia literária, sem se enquadrarem, contudo, nas modalidades que aqui distinguimos: uma carta de José Bonifácio (1763-1838) datada de 1825, em que ele responde a consulta sobre fontes pertinentes para a elaboração de uma história da literatura portuguesa,[10] ao que parece o primeiro documento onde ocorre a expressão "história literária do Brasil"; passagens de estudos históricos de José Inácio de Abreu e Lima (1794-1869) – *Bosquejo histórico, político e literário do Brasil* (1835); *Compêndio de história do Brasil* (1843) –, Francisco Adolfo de

[10] Dada a limitação dos materiais de que dispunha o consulente para sua pesquisa, comentada na carta por Bonifácio, tudo faz crer que ele seria estrangeiro; provavelmente, terá sido Ferdinand Denis, que, em 1826 – ano subsequente ao da carta –, publicaria o seu *Résumé de l'histoire littéraire du Portugal, suivi du Résumé de l'histoire littéraire du Brésil*.

Varnhagen – *História geral do Brasil* (1854-1857) – e Luís Gonzaga Duque-Estrada (1863-1911) – *A arte brasileira* (1888); o ensaio "Literatura e civilização em Portugal" (*circa* 1850), de Álvares de Azevedo (1831-1852), personalíssima síntese historiográfica da literatura portuguesa, em que o autor defende a unidade das literaturas brasileira e portuguesa, decorrência, segundo seu argumento, da comunidade linguística entre Brasil e Portugal; o estudo *O nosso cancioneiro* (1874), de Alencar, sobre a poesia popular brasileira; o livro *Estudos críticos sobre a literatura do Brasil* (1877), de José Antônio de Freitas (1849-1931), investigação sobre as origens remotas da poesia lírica brasileira; e o *Dicionário bibliográfico brasileiro*, de Sacramento Blake (1827-1903), cujo primeiro volume data de 1883.[11]

5

Para concluir, mencionemos os novos rumos que vão tomando os estudos críticos e historiográficos desde fins dos anos 1860, porém mais claramente definidos nas décadas de 1870 e 1880. Tem início, então, a ultrapassagem da perspectiva romântica, cujo tom declamatório e ufanista vai cedendo lugar a uma linguagem mais analítica, que, em geral, procura fundamentar sua objetividade nos grandes sistemas de pensamento que, ao mesmo tempo, derivaram do romantismo e promoveram a sua contestação, como o positivismo, o evolucionismo, o determinismo, o transformismo.

[11] Os demais seis volumes do *Dicionário* saíram posteriormente a 1888, limite cronológico que propusemos para o período em consideração; 1893 (v. 2 e 3), 1898 (v. 4), 1899 (v. 5), 1900 (v. 6) e 1902 (v. 7).

Entre os autores dessa fase pós-romântica, façamos alguns destaques.

Comecemos por Machado de Assis (1839-1908). Seu pensamento crítico, entre outras contribuições, sem aderir às atitudes antirromânticas referidas, procurou rever o princípio romântico da chamada *cor local*, argumentando, em um ensaio famoso – "Notícia da atual literatura brasileira: instinto de nacionalidade" (1873) –, que o caráter nacional das manifestações literárias não se define por evidências exteriores – como a figuração de paisagens típicas –, mas sim por qualidades, por assim dizer, mais entranhadas e, por isso, de alcance universal.

Além de Machado de Assis, devem ser mencionados, como representantes desse período, Capistrano de Abreu (1853-1927), Oliveira Lima (1865-1928), Araripe Júnior (1848-1911), Sílvio Romero e José Veríssimo (1857-1916). O primeiro abandonou cedo os estudos literários pelos de história; o segundo concentrou-se mais nas pesquisas de história social, cultural e política do que nas de história literária; Araripe, Romero e Veríssimo, por sua vez, constituiriam as três principais referências brasileiras no campo dos estudos literários na passagem do século XIX para o XX, cabendo assinalar que Sílvio em 1888 e Veríssimo em 1916, com a publicação de suas respectivas *Histórias da literatura brasileira*, oferecem contribuições decisivas no processo de consolidação da nossa historiografia literária.[12]

[12] A de Veríssimo, embora publicada em 1916, pela formação do seu autor e por sua fundamentação conceitual ainda se inscreve na esfera cultural do século XIX.

3. A HISTORIOGRAFIA LITERÁRIA BRASILEIRA NOS SÉCULOS XX E XXI

1

No capítulo anterior, vimos que a formação da nossa historiografia literária se estende por praticamente todo o século XIX, de 1805 a 1888, e que o livro de José Veríssimo intitulado *História da literatura brasileira*, embora publicado em 1916, pela formação do autor e por seus fundamentos conceituais, na verdade encerra o ciclo das histórias literárias nacionais oitocentistas. Acrescentemos agora menção a outras obras do mesmo período que, embora não tendo, por sua condição de manuais escolares, a natureza ensaística da *História* de Veríssimo, com ela comungam a circunstância de prolongarem no século XX os esquemas de historiografia literária oriundos do anterior: o *Compêndio de história da literatura brasileira* (1906), de João Ribeiro (1860-1934) e Sílvio Romero,[1]

[1] Sílvio Romero publicou ainda, no início do século XX, alguns opúsculos pertinentes para o levantamento ora apresentado – *Evolução da literatura brasileira: visão sintética* (1905), *Evolução do lirismo brasileiro* (1905), "Quadro da evolução da literatura brasileira" (1910), *Quadro sintético da evolução dos gêneros na literatura brasileira* (1911) –, em parte incorporados – de modo aliás arbitrário

as *Lições de literatura brasileira* (1912), de J. V. Boscoli (1855-1919), e *Literatura brasileira* (1916), de Pedro Júlio Barbuda (1853-1937).[2]

Ainda no alvorecer do novo século, na linhagem de precedentes oitocentistas devidos respectivamente a Ferdinand Denis e Ferdinand Wolf (ver capítulo anterior) consagrados à divulgação da literatura brasileira na Europa, temos a antologia *Littérature brésilienne* (1910), de Victor Orban (1868-1946), constituída por textos traduzidos para o francês, a qual também funciona como uma história literária, por conter uma apresentação sistemática dos autores selecionados.[3]

O século XX, assim, daria sequência à tradição oitocentista dessa área de estudos, e na sua primeira metade surgem obras ainda bastante conformadas ao modelo consagrado no Oitocentos.

Inaugura a etapa propriamente novecentista a *Pequena história da literatura brasileira*, de Ronald de Carvalho (1893-1935), publicada em 1919 e destinada a inúmeras edições posteriores, na qual se encontram bem visíveis traços do pensamento de Sílvio Romero.

Seguem-na os dois volumes da *História da literatura brasileira*, de Artur Mota (1879-1936), ambos

e confuso – à sua *História da literatura brasileira* a partir da terceira edição (1943), organizada por Nélson Romero (1890-?). As duas edições subsequentes da *História* (quarta, 1949, e quinta, 1954) conservam o conteúdo e a organização da terceira, mas a sexta edição (2001) em boa hora promoveu o expurgo das intervenções de Nélson Romero, restaurando a fisionomia da segunda (1902-1903), última em vida do autor.

[2] Provavelmente, a julgar pelo título e pela data, está no mesmo caso a obra *Noções de literatura nacional*, de Cacilda Francioni de Sousa, que teve uma segunda edição em 1902. Não conseguimos localizá-la, porém, e tampouco encontramos dados sobre a autora.

[3] A obra teve mais três edições: 1913, 1914 e 1918.

de 1930. O primeiro, subintitulado "Época de formação", cobre os séculos XVI e XVII, enquanto o segundo – "Época de transformação" – dedica-se ao século XVIII. Embora na relação de obras do autor estampada nos volumes publicados conste a informação de que se encontravam "prontos a entrar no prelo" quatro outros, dando conta dos séculos XIX e XX, com o subtítulo "Época de desenvolvimento autonômico", o fato é que tais volumes não chegaram a ser publicados. No plano da obra, como fica explícito nos subtítulos dos volumes, o autor adota integralmente a periodização estabelecida por Ronald de Carvalho (que, por sua vez, reproduziu basicamente a de Sílvio Romero, que, por seu turno, parece ter-se baseado, sem o declarar, nas de Joaquim Norberto e Fernandes Pinheiro).

No ano de 1931, publica-se *Noções de história da literatura brasileira*, de Afrânio Peixoto (1876-1947), livro sem novidades e sem importância, produto das aulas ministradas pelo autor para estudantes norte-americanos em cursos de férias na Universidade do Distrito Federal.[4]

Em 1932, Agripino Grieco (1888-1973) comparece com sua contribuição à história literária publicando *Evolução da poesia brasileira*, a que se seguiu *Evolução da prosa brasileira* (1933). Em ambos os volumes, não temos uma história orgânica da literatura, mas uma justaposição de ensaios impressionistas sobre

[4] UDF, instituição criada em 1935 e extinta em 1939, de que foi reitor o próprio Afrânio Peixoto (cf. Silva, 1984, p. 52). Não confundir com a instituição homônima criada em 1950, cujo nome seria sucessivamente alterado para Universidade do Estado da Guanabara (UEG), em 1961, e Universidade do Estado do Rio de Janeiro (Uerj), em 1975.

questões diversas e os principais autores, dispostos em ordem cronológica e assinalados pelo humor e pela ironia que caracterizam a linguagem crítica do autor. Dessa mesma década, são mais dois títulos de histórias por gêneros: *História e crítica da poesia brasileira* (1937), de Édson Lins (1916-?),[5] e *O romance brasileiro: suas origens e tendências* (1938), de Olívio Montenegro (1896-1962).

Outro projeto de história da literatura brasileira de vastas proporções, mas que, tanto quanto o de Artur Mota, ficou incompleto, deve-se a Haroldo Paranhos (1883-?). Toma por referência o período romântico – donde o título *História do romantismo no Brasil* –, porém destinava-se a cobrir o conjunto da literatura nacional até fins do século XIX. O plano constava de quatro volumes, cujos respectivos subtítulos indicavam o período estudado em cada um: "1ª parte: A evolução da literatura brasileira antes do romantismo – 1500-1830"; "2ª parte: Primeira geração romântica – 1830-1850"; "3ª parte: Segunda geração romântica – 1850-1870"; "4ª parte: Terceira geração romântica e fim do romantismo – 1870-1890". Como já se observou, embora bastante informativa, é mais uma série de biografias dispostas em ordem cronológica do que uma história propriamente dita (cf. Broca e Sousa, 1963, p. 55). Ficou nos dois primeiros volumes, publicados ambos em 1937.

No ano seguinte, saía a *História da literatura brasileira*, de Nélson Werneck Sodré (1911-1999), que, conforme declaração expressa no subtítulo – "seus

[5] Nada apuramos acerca do autor, salvo que, segundo sua declaração no prefácio da obra, tinha 21 anos quando a publicou.

fundamentos econômicos" –, elegia princípios marxistas como referencial teórico, afastando-se, assim, dos esquemas explicativos determinísticos herdados do século XIX e ainda então prestigiados entre nós, baseados na tríade raça/meio/momento. A obra sofreu alterações substanciais em algumas de suas sucessivas edições: a segunda (1940) se apresenta como "revista e aumentada"; a terceira (1960), "integralmente refundida"; a sétima (1982), "atualizada". A edição mais recente de que temos notícia é a décima, de 2006, havendo ainda uma edição polonesa, de 1975. Um pouco mais tarde, o autor publicaria sua *Síntese do desenvolvimento literário no Brasil* (1943), ensaio em que defende uma concepção de literatura brasileira como parte do "processo histórico nacional" (Sodré, 1943, p. 5).

E fechando a década apareciam, em 1939, mais duas obras do gênero: a *História da literatura brasileira*, assinada por José Bezerra de Freitas (1896-1953), de reduzidas proporções e sem novidades, porém correta e bem escrita, e cujo subtítulo indicava a destinação escolar e a modéstia da proposição — "para o curso complementar"—; e *História breve da literatura brasileira*, de José Osório de Oliveira (1900-1964), livro publicado em Lisboa.[6] Este último, em cuja edição brasileira de 1946 consta a informação de que se trata da primeira história da literatura brasileira até então escrita em Portugal, teve ainda uma edição espanhola, no ano de 1958, bem como duas brasileiras (1946 e

[6] Do mesmo autor, encontramos registro de obra intitulada *Literatura brasileira*, publicada no ano de 1926, em Lisboa/Porto. Não tivemos acesso ao volume, mas é muito provável que se trate de uma primeira edição da sua *História breve da literatura brasileira*.

1956), além de uma edição portuguesa caracterizada como "5ª, definitiva" (1964).[7]

Nos anos 1940, o editor José Olympio anunciou a elaboração de uma nova história literária, a ser produzida sob a direção de Álvaro Lins (1912-1970) e programada para quinze volumes, que contaria com a participação de diversos estudiosos de competência reconhecida: Gilberto Freyre (1900-1987), Barreto Filho (1908-1983), Abgar Renault (1911-1995), Paulo Rónai (1907-1992), Fidelino de Figueiredo (1888-1967), Luís da Câmara Cascudo (1898-1986), Sérgio Buarque de Holanda (1902-1982), Roberto Alvim Correia (1898-1983), Lúcia Miguel-Pereira (1903-1959), Astrojildo Pereira (1890-1965), Otávio Tarquínio de Sousa (1889-1959), Aurélio Buarque de Holanda (1910-1989), Alceu Amoroso Lima (1893-1983), além do próprio organizador, Álvaro Lins. O projeto acabou, porém, não indo adiante. Dele, publicaram-se apenas dois volumes avulsos – *História da literatura brasileira*: *prosa de ficção de 1870 a 1920* (1950), de Lúcia Miguel-Pereira, e *Literatura oral* (1952), de Luís da Câmara Cascudo –, e o material

[7] Parece-nos, salvo engano, que a obra continua sendo a única história da literatura brasileira devida a um autor português. O fato merece ser verificado, e talvez interpretado. A recíproca, como se sabe, não é verdadeira, havendo várias histórias da literatura portuguesa escritas por brasileiros, entre as quais podemos destacar duas dos anos 1960, porém com sucessivas novas edições: *História da literatura portuguesa* (1960), de Massaud Moisés (1928-2018), e *Presença da literatura portuguesa*: *história, crítica e antologia* (1961), dirigida por Antônio Soares Amora (1917-1999), com a colaboração de Segismundo Spina (1921-2012) e Massaud Moisés. Sem falar em obras oitocentistas, aliás pioneiras da historiografia literária de Portugal: *Curso elementar de literatura nacional* (1862), de Fernandes Pinheiro, e *Curso de literatura portuguesa e brasileira* (1866-1873), de Sotero dos Reis.

destinado ao volume *Literatura colonial*, encomendado a Sérgio Buarque de Holanda, foi postumamente reunido em livro organizado por Antonio Candido (1918-2017), com o título de *Capítulos de literatura colonial* (1991) (cf. Broca e Sousa, 1963, p. 56; Candido, 1991, p. 8-9).

Não chegando a concretizar-se a publicação que certamente o teria marcado, o panorama da década acabou resultando bem medíocre. Aparece a ilegível *Nova história da literatura brasileira* (1942-1949), do general Liberato Bittencourt (1869-1948), antiquada a mais não poder, apesar do "nova" constante do título, nos seus sete confusos volumes, escritos em linguagem pomposa e pseudobarroca, de que diz bem o subtítulo hiperbólico e involuntariamente cômico: "sob moldes rigorosamente filosóficos e científicos, em três partes distintas, a mais brasileira das publicações do século". Surge também *Evolução da literatura brasileira* (1945), de Mário R. Martins (1903-1968), obra didática de espírito ainda francamente oitocentista, em dois volumes esquemáticos, o primeiro subintitulado "notas biográficas" e o segundo "estudos".

Salvam, porém, os anos 1940 dois títulos. Érico Veríssimo (1905-1975) publica *Brazilian literature: an outline* (1945), cuja edição brasileira sairia apenas em 1995, com o título *Breve história da literatura brasileira*, em tradução de Maria da Glória Bordini. A obra resultou de conferências proferidas na Universidade da Califórnia, em Berkeley, nos meses de janeiro e fevereiro de 1944, com o objetivo de fornecer a estudantes norte-americanos uma visão histórica panorâmica da literatura brasileira, e se destaca pela linguagem leve e atraente, assinalada tanto pelo talento narrativo do autor quanto pelo tom quase coloquial, marca de sua origem nas conferências mencionadas. E Manuel Bandeira (1886-1968), por sua vez, dá a público a sua *Apresentação da poesia brasileira* (1946), competente síntese histórico-crítica da produção poética nacional, seguida de "uma antologia de poetas brasileiros", como informa o subtítulo do livro.

Se até a década de 1940, como assinalamos, em geral o modelo oitocentista permanecia como referência teórica para as histórias literárias que iam sendo elaboradas desde o início do século,[8] a década de 1950 é assinalada por obras que empreendem uma revisão das bases conceituais até então observadas. Assim, em 1954 surgem dois livros com essa proposição – *História da literatura brasileira*, de Antônio Soares Amora, e *Evolução do pensamento literário no Brasil*, de Djacir Meneses (1907-1966) –, dos quais o primeiro vem tendo numerosas edições.[9] Mas é em duas outras obras dessa década que se observa um ânimo mais determinado em reconceber a ideia de história literária entre nós. Referimo-nos à coleção *A literatura no Brasil*, dirigida por Afrânio Coutinho (1911-2000), e ao estudo de Antonio Candido intitulado *Formação da literatura brasileira*.

A literatura no Brasil, conforme o plano de seu diretor, pretendia reformular profundamente a historiografia da nossa literatura. Para começar, concebia a história literária como trabalho coletivo, a ser empreendido por equipe integrada por numerosos

[8] Constituem exceções relativas as mencionadas contribuições de Nélson Werneck Sodré, Erico Verissimo e Manuel Bandeira.

[9] Até o momento, que seja do nosso conhecimento, alcançou a 12ª edição (1977).

estudiosos, encarregados de escrever capítulos sobre suas respectivas especialidades, segundo o plano do organizador, ele próprio responsável pela elaboração das seções de natureza introdutória.[10] Além disso, como fundamento conceitual, a obra se propunha superar perspectivas sociológicas e histórico-culturais até então absolutas nas histórias literárias brasileiras, adotando um ponto de vista rigorosamente estético para o exame do processo literário. Acrescente-se o empenho de renovar o cânone, sobretudo pela inclusão de novos autores e vertentes da tradição literária nacional, e se terá assim ideia sumária do ambicioso projeto representado por *A literatura no Brasil*. Deve-se dizer, contudo, que, não obstante os méritos inegáveis do empreendimento, muita coisa permaneceu nas intenções do diretor (por exemplo, o reivindicado ponto de vista estético-literário não chegou a neutralizar a visada histórico-cultural), além de observar-se certo desnível entre os capítulos, fruto mais ou menos inevitável da produção por uma equipe numerosa e heterogênea. Na primeira edição, cujos volumes saíram entre 1955 e 1959, o projeto restou incompleto, vindo a concluir-se na segunda, cujos seis volumes se publicaram de 1968 a 1971. A partir da terceira edição (1986), que se apresenta revista e atualizada, a obra passa a contar com a codireção de Eduardo de Faria Coutinho.

Formação da literatura brasileira saiu em 1959. Entre seus pressupostos metodológicos, figura a intenção de conciliar as perspectivas histórico-social e

[10] Tais seções foram depois reunidas em volume à parte: *Introdução à literatura no Brasil* (1959).

estética. Dedica-se ao estudo de dois períodos – o arcadismo (1750-1836) e o romantismo (1836-1880) –, interpretados como os "momentos decisivos" (expressão que figura como subtítulo da obra) na constituição do nosso "sistema literário", isto é, o "triângulo autor-obra-público, em interação dinâmica, e [dotado de] uma certa continuidade da tradição" (Candido, 1971 [1959], v. 1, p. 16). Os referidos "momentos decisivos", assim, segundo a tese do autor, seriam distintos das meras "manifestações literárias" – "ralas, esparsas e sem ressonância" (Ibidem, p. 15-16) –, próprias dos séculos XVI, XVII e primeira metade do XVIII. Atestam o vigor propositivo desse ensaio, além da recepção calorosa que até hoje vem merecendo, certos instigantes questionamentos de suas teses principais, com destaque para trabalhos de Haroldo de Campos (1929-2003),[11] Luiz Costa Lima[12] e Flora Süssekind.[13]

Mas os anos 1950, marcados, como vimos, por trabalhos que empreenderam uma revisão mais ou menos profunda das bases da historiografia literária brasileira, conheceram uma exceção. Trata-se do livro *Interpretação da literatura brasileira* (1957), de Luís Pinto Ferreira (1918-2009), que retorna à busca de determinações contextuais para o processo da literatura brasileira (terra, raça, paisagem econômica [*sic*], etc.), no melhor estilo do século XIX. O autor

[11] *O sequestro do barroco na literatura brasileira: o caso Gregório de Matos* (1989).

[12] "Concepção de história literária na *Formação*", ensaio publicado no livro *Pensando nos trópicos* (1991).

[13] "Rodapés, tratados e ensaios; a formação da crítica brasileira moderna", ensaio publicado no livro *Papéis colados* (1993).

prometeu um segundo volume – *História da literatura brasileira* –, em que entraria no "luminoso tema da história literária nacional" (Ferreira, 1957, p. 11), como sequência natural de sua "interpretação adequada dos fundamentos da literatura brasileira" (Ibidem, p. 11), volume que, no entanto, não chegou a publicar-se, o que, dado o nível do primeiro, naturalmente não é de se lamentar.

A década de 1950 registra ainda mais dois lançamentos: de Alceu Amoroso Lima, *Quadro sintético da literatura brasileira* (escrito em 1943 e publicado em 1956), opúsculo produzido com finalidades didáticas, para uma publicação do Itamaraty que não chegou a sair, conforme esclarece o autor no prefácio (cf. Lima, 1969 [1956], p. 9); de Manuel Bandeira, *Brief history of Brazilian literatura* (1958), tradução da parte consagrada à literatura brasileira da obra *Noções de história das literaturas* (1940), que o autor apropriadamente caracteriza como "compêndio escrito para atender ao programa do Colégio Pedro II" (Bandeira, 1960 [1940], p. 9); da argentina Haydée M. Jofré Barroso, *Esquema histórico de la literatura brasileña* (1959), publicada em Buenos Aires, com o propósito de divulgar nossas letras no vizinho país platino.

Em 1961, sai o livro *Esboços de história literária*, do filólogo Clóvis Monteiro (1898-1961), mas o lançamento marcante dos anos 1960 é constituído pelos seis volumes da série "A literatura brasileira", parte da coleção "Roteiro das grandes literaturas", da Editora Cultrix, os quais desde então vêm tendo diversas edições: *Manifestações literárias da era colonial* (1962), de José Aderaldo Castello (1921-2011); *O romantismo* (1967), de Antônio Soares Amora; *O realismo*

(1963), de João Pacheco (1910-1966); *O simbolismo* (1966), de Massaud Moisés; *O pré-modernismo* (1966), de Alfredo Bosi; *O modernismo* (1965), de Wilson Martins (1921-2010).

A década 1970, por sua vez, assiste a três lançamentos no campo da história literária nacional. De Alfredo Bosi, temos a obra *História concisa da literatura brasileira* (1970) – aliás nem tão concisa assim, considerando a extensão do volume –, obra que procura acrescentar elementos de teoria da literatura (disciplina então no auge do seu prestígio na universidade brasileira) aos fundamentos tradicionais dos estudos literários diacrônicos, e cujo sucesso acadêmico se evidencia no prodigioso número de reedições que vem alcançando.[14] Oliveiros Litrento (1923-2006), por seu turno, publica *Apresentação da literatura brasileira* (1974), constituída por dois volumes: o primeiro é dedicado à história literária, consistindo em minuciosa e informativa exposição factual, que tem o mérito de mencionar escritores e obras então recentes, mas apresenta uma singularidade e um senão, que é o fato de o autor, na sua narrativa, dar um jeito de exaltar o que chama "revolução de 1964" (cf. Litrento, 1974, v. 1, p. 271), tributo que – parece – paga à sua condição de membro do magistério do Exército; o segundo contém uma antologia bastante tosca do ponto de vista de sua organização, inclusive sem qualquer cuidado com a referência às fontes. José Guilherme Merquior (1941-1991), por sua vez, comparece com *De Anchieta a Euclides* (1977), obra cujo título indica o período coberto (do século XVI

[14] Em 2015, saiu a 50ª edição.

ao início do XX), e cujo subtítulo – "Breve história da literatura brasileira (I)" – anunciava uma segunda parte, que seria certamente dedicada ao estudo do século XX, mas que não chegou a ser publicada (nem, ao que tudo indica, sequer escrita, considerando a morte prematura do autor).

Nos anos 1970, temos ainda olhares estrangeiros sobre o processo da nossa literatura. A filóloga lusitanista Luciana Stegagno Picchio (1920-2008) publica *Letteratura brasiliana* (1972), volume 42 da coleção "La letterature del mondo", da editora Sansoni-Accademia, que teria uma tradução em romeno no ano de 1986, bem como uma versão brasileira, bastante alterada e adaptada, com o título *História da literatura brasileira* (1997). Também de sua autoria é *La littérature brésilienne* (1981), volume da coleção "Que sais-je?", da Presses Universitaires de France, que depois sairia no Brasil (1988) e na Itália (1992). E, do professor norte-americano Claude Lyle Hulet (1920-2017), temos os dois volumes de *Brazilian literature* (1974), que funciona tanto como história literária quanto como antologia, pois apresenta capítulos sobre os períodos sucessivos e informações biobibliográficas sobre autores canônicos de cada época, seguidas de trechos de suas respectivas obras.

A partir de 1983, inicia-se a publicação da *História da literatura brasileira,* de Massaud Moisés, com um primeiro volume subintitulado "Origens, barroco e arcadismo", a que se seguiriam o segundo ("Romantismo"; 1984), o terceiro ("Realismo"; 1984), o quarto ("Simbolismo"; 1985) e o quinto ("Modernismo"; 1989). Compensa o convencionalismo do plano a evidência de uma leitura ampla e direta das obras estudadas, qualidade que deve ser destacada, considerando a tendência da historiografia literária para a repetição rotineira de clichês críticos hauridos em obras congêneres anteriores, muitas vezes sem o conhecimento em primeira mão das obras literárias objetos das descrições e análises.

Na última década do século XX, a tradição que ora nos ocupa continuou em curso, alcançando mesmo este início de século XXI.

Em 1994, Maria Aparecida Ribeiro, professora brasileira radicada em Portugal, publica, em Lisboa, o volume *Literatura brasileira*, destinado principalmente a estudantes universitários portugueses. Nesse mesmo ano, vem a público o inteiramente desnecessário – por raso e redundante – *Breve história da literatura brasileira*, de Antônio Olinto (1919-2009), publicado no ano anterior em uma enciclopédia italiana, para a qual foi especialmente escrito; e Luiz Roncari, no ano de 1995, publica a sua *Literatura brasileira*, cujo subtítulo declara o âmbito que se propõe cobrir: "dos primeiros cronistas aos últimos românticos". Trata-se de obra didática de mérito, que, além das informações de ordem historiográfica, cumpre o papel de uma antologia, pelos muitos textos comentados e analisados que apresenta. Flávio R. Kothe, por sua vez, com ânimo contestador, muitas vezes por meio de tiradas meramente sensacionalistas (vejam-se, por exemplo, intertítulos como "O ancho Anchieta", "O breu de Casimiro", "Porno parnaso", "Lima, limão e limonada", "Vanguarda e vã guarda", etc.), a começar pela adoção da palavra "cânone" nos títulos, inicia a sua revisão da historiografia literária do Brasil, com o volume *O cânone colonial*, publicado em 1997. O projeto teve continuidade com os volumes *O cânone imperial* (2000), *O cânone republicano I* (2003) e *O cânone republicano II* (2004).

Iniciação à literatura brasileira, de Antonio Candido, sai em 1997. Trata-se de um pequeno volume, originalmente concebido como resumo para leitores estrangeiros. Nele, o autor permanece fiel à tese da *Formação da literatura brasileira*, mas estende sua narrativa para além de 1880 – limite cronológico do ensaio de 1959 –, segmentando o relato em três seções: "Manifestações literárias", "A configuração do sistema literário" e "O sistema literário consolidado".

Em 1999, aparecem os dois volumes de *A literatura brasileira: origens e unidade (1500-1960)*, de José Aderaldo Castello, obra bem documentada e obediente a um plano convencional, e nesse mesmo ano publica-se em Portugal, sob a direção de Sílvio Castro, docente brasileiro radicado na Itália, uma *História da literatura brasileira*, em três volumes, constituída por capítulos assinados pelo próprio diretor e por diversos outros colaboradores. A obra apresenta proposições metodológicas e conceituais que se pretendem não convencionais – por exemplo, "análise vertical", "método geográfico", "posição sincrônica" (Castro, 1999, v. 1, p. 12-13) –, cuja caracterização, contudo, deixa bastante a desejar. Menos do que uma história da literatura dotada de unidade, trata-se de um conjunto de ensaios autônomos sobre autores e obras dispostos em ordem cronológica.

Seguem-se os dois volumes de *Escolas literárias no Brasil*, publicados em 2004 pela Academia Brasileira de Letras, sob a coordenação de Ivan Junqueira

(1934-2014). Consiste a obra na reunião de conferências proferidas naquela instituição entre 2001 e 2003. Faz as vezes de uma história literária, pela ordenação cronológica da matéria, apesar da falta de unidade determinada pela autoria coletiva, bem como das marcas de oralidade cerimonial presentes em certos capítulos, as quais, embora compreensíveis, tendo em vista a origem dos textos, restam um tanto deslocadas nas versões escritas. Chama a atenção, no título, o emprego anacrônico da expressão *escolas literárias*, virtualmente desaparecida da nomenclatura técnica dos estudos literários a partir da segunda metade do século XX.

Por fim, mencionem-se dois títulos de 2007. Alexei Bueno, com *Uma história da poesia brasileira*, retomando a prática de estudo histórico de um gênero específico – que, no que tange à poesia, tem por antecedentes novecentistas as histórias devidas a Agripino Grieco (1932), Edson Lins (1937) e Manuel Bandeira (1946) –, ressalta a relatividade do recorte e da perspectiva que adota, pois, pelo título da obra, deixa claro que não pretendeu fazer *a* história da poesia, porém propor *uma* história do gênero entre nós. Carlos Nejar, por sua vez, lança a sua *História da literatura brasileira*, obra que, combinando informações factuais redundantes, acúmulos de dados sumários sobre autores e obras, juízos críticos ligeiros e sem lastro conceitual e analítico, tudo precedido por uma introdução digressiva e sem orientação teórica discernível, faz crer que a história da literatura brasileira, no seu formato tradicional de grande narrativa, parece ter esgotado as suas potencialidades.

2

Além das histórias literárias propriamente ditas, existem outros materiais conexos à disciplina, de que daremos notícia a seguir. Como se trata de uma produção um tanto heterogênea, vamos dividi-la, para efeito de sistematização, em algumas categorias básicas.

Comecemos com trabalhos classificáveis como para-historiográficos: bibliografias, obras de referência e antologias.

Otto Maria Carpeaux (1900-1978) publica, em 1949, *Pequena bibliografia crítica da literatura brasileira*. Propõe uma periodização e apresenta notícia sumária sobre os principais autores, além de sistematizar um utilíssimo repertório das edições de suas obras, bem como listar ensaios que constituem a fortuna crítica dos escritores contemplados. Vem tendo edições sucessivas, atualizadas e ampliadas.

Em 1967, sai o *Pequeno dicionário de literatura brasileira*, de José Paulo Paes (1926-1998) e Massaud Moisés, amplo repertório de informações resumidas sobre autores, publicações, períodos, movimentos, instituições, temas, tendências, etc., que, a partir da terceira edição (1987), passaria a ser de responsabilidade exclusiva do segundo autor. Obra semelhante aparece em 1990, a *Enciclopédia de literatura brasileira*, dirigida por Afrânio Coutinho e J. Galante de Sousa (1913-1986).

De 1964 são os três volumes de *Presença da literatura brasileira* (I. Das origens ao romantismo; II. Do romantismo ao simbolismo; III. Modernismo), organizados por Antonio Candido e José Aderaldo Castello. Trata-se, como diz o subtítulo, de "história e antologia"; a parte relativa à história consiste em sínteses tão compactas quanto didáticas e competentes dos diversos períodos da literatura brasileira, e a antologia, criteriosa e bem estruturada, revitaliza um gênero que tem como antecedentes no século XX obras confusas e mal editadas, como é o caso do *Panorama da literatura brasileira* (1940), organizado por Afrânio Peixoto. Seu êxito pode ser atestado pelas diversas edições que vem obtendo.

A modalidade antologia esteve ainda representada por quatro títulos posteriores: *Antologia brasileira de literatura* (1965-1966), organizada por Afrânio Coutinho e publicada em três volumes (o primeiro dedicado ao romance e ao conto, o segundo ao lirismo e o terceiro aos demais "gêneros" – epopeia, teatro, ensaio, crônica, oratória, cartas, memórias, diários, máximas, crítica); *Antologia escolar brasileira* (1967), organizada por Paulo Silveira (1917-?) a partir da seleção de Marques Rebelo (1907-1973), obra que tem a particularidade de dispor os textos em ordem cronológica decrescente, partindo, pois, dos autores mais recentes para os mais antigos; *Literatura brasileira em curso* (1968), organizada por Dirce Riedel (1915-2003), Carlos Lemos, Ivo Barbieri e Therezinha Castro, interessante experiência didática de ordenamento de textos por núcleos temáticos, cujo êxito se atesta pelo expressivo número de edições que teve em pouco tempo; *A literatura brasileira através de textos* (1971), organizada por Massaud Moisés, seleta enriquecida por sumária apresentação dos períodos e autores, bem como por notas explicativas aos textos selecionados.[15]

[15] Excluímos deste nosso registro as antologias destinadas ao estudo da língua, que, dados os seus objetivos, contemplam tanto autores portugueses como brasileiros, as quais, desde fins do século XIX e

Outra categoria, quantitativamente mais expressiva, é constituída por ensaios meta-historiográficos, isto é, dedicados à reflexão sobre os fundamentos conceituais e metodológicos das histórias literárias brasileiras. Vejamos os títulos representantes dessa vertente.

Uma interpretação da literatura brasileira, de Vianna Moog (1906-1988), publicado em 1943 (posteriormente traduzido para o inglês, o alemão e o espanhol), é um opúsculo resultante de conferência proferida no ano anterior, na Casa do Estudante do Brasil, no Rio de Janeiro. O autor defende a tese de que a literatura brasileira, diferentemente das grandes literaturas europeias – francesa, alemã, espanhola, inglesa, portuguesa, italiana –, todas homogeneizadas por um princípio unificador, se caracterizaria por uma "estonteante diversidade" (Moog, 2006 [1943], p. 21). Propõe, assim, que a história da nossa literatura abandone o "processo cronológico" que tradicionalmente observava, adotando em troca a "análise dos núcleos culturais cuja soma forma o complexo heterogêneo da chamada literatura brasileira" (Ibidem, p. 22). Chega então à ideia de que não somos um continente, mas antes um "arquipélago cultural" (p. 22) composto por sete ilhas – Amazônia,

até meados do XX, desfrutaram de posição de grande destaque no sistema de ensino, com inúmeras edições sucessivas. Entre as principais nessa modalidade, contam-se as de Fausto Barreto (1852-1915) e Carlos de Laet (1847-1927) (*Antologia nacional*; 1895), João Ribeiro (*Autores contemporâneos*; 1896), Sousa da Silveira (1883-1967) (*Trechos seletos*; 1919) e Clóvis Monteiro (*Nova antologia brasileira*; 1933). Excluímos também as específicas de poesia, cujas principais do século XX são as de Manuel Bandeira (5 v., 1937-1967, com a participação de Walmir Ayala [1933-1991]); Péricles Eugênio da Silva Ramos (1919-1992) (5 v., 1964-1967); *Panorama da poesia brasileira* (6 v., vários autores, 1959-1960).

Nordeste, Bahia, Minas, São Paulo, Rio Grande do Sul e Metrópole (isto é, a cidade do Rio de Janeiro, então capital federal) – que explicariam nossos fenômenos sociais, históricos, econômicos, políticos e literários. Cada "ilha" teria sua vocação específica, a refletir-se na literatura que lhe corresponde: a amazônica seria marcada pelo elemento telúrico; a nordestina, pela preocupação social; a baiana, pela tendência à erudição; a mineira, pelo pendor humanístico; a paulista, pelo ímpeto bandeirante e proselitista; a gaúcha, pelo contraponto entre regionalismo e universalismo; e a metropolitana (ou seja, carioca), pela propensão para a pintura de costumes e por certo desencanto cético e irônico. A tese não deixa de ter atrativo literário e poder persuasivo, mas é conceitualmente frágil, baseando-se mais em sínteses imaginosas do que em análises demonstráveis.

Alceu Amoroso Lima, em 1956, publica a obra *Introdução à literatura brasileira*, escrita em 1943 e composta por uma exposição sobre o problema das origens da nossa literatura, seguida de uma análise crítica dos critérios de suas "divisões": genético, cronológico, espacial e estético.

Em 1960, Afrânio Coutinho, com o pequeno ensaio *Conceito de literatura brasileira*, não só reitera os princípios por ele postos em prática na obra cuja publicação iniciara poucos anos antes – *A literatura no Brasil* (1956) –, mas também enceta o que talvez tenha sido a primeira polêmica das muitas suscitadas pela *Formação da literatura brasileira*, de Antonio Candido, publicada no ano anterior. Situa-se contra o conceito de literatura formulado por Candido, que taxa de "histórico-sociológico", assim como diverge da tese de que a literatura brasileira teria começado a definir-se somente a partir da segunda metade do século XVIII, que considera identificada com o ponto de vista do colonizador. Declarando-se contra tal concepção, advoga a ideia de que a nossa literatura "partiu do instante em que o primeiro homem europeu pôs aqui o pé, aqui se instalou, iniciando uma nova realidade histórica, criando novas vivências, que traduziu em cantos e contos populares, germinando uma nova literatura" (Coutinho, 1960, p. 58). Em 1963, sai a *Introdução ao estudo da literatura brasileira*, dividido em duas partes, cada qual representando uma das modalidades que propusemos distinguir. A primeira, assinada por Brito Broca (1903-1961) e intitulada "Síntese crítico-histórica", é de natureza meta-historiográfica, consistindo em uma notícia sobre os principais estudos relativos à literatura brasileira, com ênfase em sua historiografia, mas contemplando também ensaios do que chama "crítica militante", bem como estudos biográficos, bibliográficos e histórias de literaturas estaduais. A segunda parte, de cunho para-historiográfico, constitui uma extensa bibliografia sistemática sobre diversos aspectos da literatura brasileira, organizada por J. Galante de Sousa.

Nesse mesmo ano, aparece o pequeno volume *Literatura e realidade nacional*, de Eduardo Portela (1932-2017), cujo primeiro capítulo – "Circunstâncias e problema da história literária brasileira" – empreende uma revisão crítica das propostas de periodização da nossa literatura, defendendo a adoção de um critério "eminentemente literário, ou seja, estilístico" (Portela, 1963, p. 26), apto, assim, a "promover uma rebelião contra o domínio das datas" (Ibidem). Com isso, o ensaio chega à proposição bastante paradoxal de uma história sem cronologia e de uma periodização sem períodos, decorrência de sua identificação com a atitude anti-historicista então em voga na área de Letras em certos ambientes universitários do País, por influência convergente da nova crítica anglo-norte-americana e da estilística europeia.

A tradição afortunada (1968), de Afrânio Coutinho, como esclarece o subtítulo – "o espírito de nacionalidade na crítica brasileira" –, constitui um ensaio sobre a ideia-diretriz da nossa história literária desde suas origens oitocentistas, isto é, a constante referência ao processo de instituição não só da literatura brasileira, mas também, indiretamente, da própria sociedade nacional, ambas concebidas nas suas diferenças constitutivas em relação a matrizes estrangeiras.

Em 1977, Affonso Romano de Sant'Anna publica, no livro intitulado *Por um novo conceito de literatura brasileira*, um ensaio de mesmo nome, escrito em 1974. Orientado por premissas estruturalistas e formalistas, então no auge do seu prestígio acadêmico, propõe o rompimento com o ponto de vista hierarquizante vigente no que chama "historicismo". Sugere, assim, uma revisão de valores na historiografia literária, pelo questionamento do que denomina, com sotaque estruturalista, "*corpus* oficial" da literatura. Vista hoje, a proposta surpreende por sua proximidade com o objetivo central dos estudos culturais, isto é, desafiar o *cânone*, palavra-chave do vocabulário culturalista que, como facilmente se percebe, traduz o mesmo conceito veiculado pelo termo *corpus* no contexto argumentativo do ensaio.

Essa produção meta-historiográfica surgida até a década de 1970 – a que se podem acrescentar dois trabalhos já referidos no item 1 deste capítulo: *Síntese do desenvolvimento literário no Brasil* (1943), de Nélson Werneck Sodré, e *Interpretação da literatura brasileira* (1957), de Luís Pinto Ferreira – opera com pressupostos substancialistas, isto é, atribui existência substantiva à origem e aos períodos, polemizando apenas quanto à maneira mais adequada de delimitar, apreender e descrever estes e aquela. Nesse conjunto, no entanto, fazem exceção o ensaio de Brito Broca e o de Affonso Romano de Sant'Anna, o primeiro por sua neutralidade descritiva, e o segundo – único, aliás, nos anos 1970, quando a hegemonia estruturalista praticamente suprimiu da agenda acadêmica as pesquisas de cunho histórico – por seu questionamento dos juízos críticos naturalizados, prenunciando assim uma profunda reorientação conceitual dos ensaios meta-historiográficos.

Antes disso, no entanto, a década de 1980, ainda fortemente marcada pelo anti-historicismo estruturalista dominante na década anterior, constituiria uma solução de continuidade na tradição meta-historiográfica, que seria retomada apenas nos anos 1990. Nessa virada de século, assim, assiste-se a uma restauração do interesse por temas históricos, o que revitaliza a meta-historiografia, a partir de então praticada em bases não mais substancialistas, já que passa a conceber origens, períodos e hierarquias axiológicas antes como construções contingentes e mais ou menos arbitrárias do que como entidades naturais.

Figuram como representantes dessa fase o livro *Eternamente em berço esplêndido* (1991), de Maria

Helena Rouanet, um minucioso estudo sobre o papel desempenhado por Ferdinand Denis no processo de fundação da literatura brasileira; os diversos textos reunidos no número monográfico de 1995 dos *Cadernos do Centro de Pesquisas Literárias da PUCRS*, organizado por Regina Zilberman e Maria Eunice Moreira com o tema "História da literatura e literatura brasileira"; o ensaio "A biblioteca imaginária" (1996), de João Alexandre Barbosa (1937-2006), que se propõe, como diz o subtítulo, refletir sobre a construção do "cânone na história da literatura brasileira"; e o longo ensaio "Historiografia literária do Brasil" (1998), de Benedito Nunes (1929-2011), dedicado à reflexão sobre o caráter correlativo das ideias de literatura brasileira e sua história, nos seus desdobramentos do nacionalismo romântico a horizontes, por assim dizer, transnacionais.[16]

Essa revitalização da meta-historiografia, por seu turno, conjugou-se com um intenso interesse de retorno às fontes fundadoras da nossa história literária, não como exercício de antiquários, mas como recurso para, via a reflexão sobre seus primeiros esboços e programas, compreendê-la como construção em processo, de modo a neutralizar o efeito de "naturalização" decorrente de seus produtos mais recentes, tidos como definitivos e acabados. Assim, depois de um longo período de abandono dessas fontes, a ponto de só ter havido até certa altura do século XX reedições das *Histórias da literatura brasileira* consagradas como estágios finais de uma cadeia prévia constituída

[16] Integra-se a esse conjunto de estudos meta-historiográficos um título de nossa autoria: *Introdução à historiografia da literatura brasileira* (2007).

por produções consideradas incipientes,[17] começam a surgir edições novas de várias obras esquecidas, revalorizadas por sua importância para a compreensão da própria historiografia como construção contingente – e, pois, histórica.

Nos anos 1970, em pleno clima anti-historicista do estruturalismo, essa tendência se insinua ainda tímida, com dois lançamentos, ambos de 1978: o *Curso elementar de literatura nacional* (1862), tratado fundador do cônego Fernandes Pinheiro, em certo sentido a primeira história da literatura brasileira, que reaparece com o título original levemente alterado, pela supressão do adjetivo "elementar"; e o volume *Historiadores e críticos do romantismo*, organizado por Guilhermino César (1908-1993), que reúne, como declara seu subtítulo, "a contribuição europeia" para a fundação da historiografia da literatura brasileira, constituído por ensaios inaugurais de autores estrangeiros: Bouterwek, Sismondi, Denis, Garrett, Schlichthorst, Gama e Castro, Herculano e Wolf. A planejada sequência deste último, que seria composta por mais dois volumes dedicados à contribuição dos autores nacionais ao mesmo processo, não chegou a ser publicada.

Na década de 1980, persistindo ainda o pouco interesse por estudos históricos, registra-se a reedição

[17] Referimo-nos às *Histórias* de Romero (1888) e de Veríssimo (1916). A primeira teve reedições em 1902-1903, 1943, 1949, 1954 e 2001; a segunda, em 1929, 1954, 1963, 1969 e 1998. Quanto à inexistência, até a década de 1970, de novas edições do que chamamos "produções incipientes", que seja do nosso conhecimento constitui exceção apenas o relançamento do *Florilégio da poesia brasileira*, de Francisco Adolfo de Varnhagen, em edição da Academia Brasileira de Letras, do ano 1946.

de apenas uma dessas fontes: o *Florilégio da poesia brasileira*, de Francisco Adolfo de Varnhagen, cuja terceira edição sai em 1987.

A partir dos anos 1990, passada a fase refratária a investigações de cunho histórico constituída pelas duas décadas anteriores, a tendência é retomada e se aprofunda. Surge então, no ano de 1997, plaquete publicada pela Casa de Rui Barbosa que reúne os fac-símiles da edição de 1865 do "Discurso sobre a história da literatura do Brasil", de Gonçalves de Magalhães, e da edição de 1854 do "Resumo da história da literatura, das ciências e das artes no Brasil", de que são coautores Magalhães, Torres Homem (1812-1876) e Araújo Porto-Alegre (1806-1879). Segue-se, em 1997, a edição do *Bosquejo da história da poesia brasileira* (1841), de Joaquim Norberto, devida a José Américo Miranda. No ano seguinte, aparece *O berço do cânone*, coletânea organizada por Regina Zilberman e Maria Eunice Moreira; subintitulada "textos fundadores da história da literatura brasileira", em boa medida corresponde à parte não realizada do projeto de Guilhermino César, já que reúne ensaios em sua maioria de autores brasileiros: Januário, Norberto, Pereira da Silva, Varnhagen, Macedo Soares, Quintino Bocaiuva, Fernandes Pinheiro. Em 1999, as mesmas autoras publicam outro número monográfico dos *Cadernos do Centro de Pesquisas Literárias da PUCRS*, sob o título "Crítica literária romântica no Brasil: primeiras manifestações", com trabalhos de Gonçalves de Magalhães, Torres Homem, Porto-Alegre, Abreu e Lima e Pereira da Silva. Também de 1999 é a edição dos prefácios e índices do *Parnaso brasileiro* (1829-1832), de Januário da Cunha Barbosa, organizada por José

Américo Miranda. Em 2001, aparecem os *Capítulos de história da literatura brasileira*, em edição organizada por José Américo Miranda e Maria Cecília Boechat, obra que reúne pela primeira vez em livro os estudos que Joaquim Norberto havia escrito para a sua projetada história literária nacional, que até então jaziam nas versões únicas estampadas na *Revista Popular*, de 1859 a 1862.[18] Finalmente, em 2003, sai o livro *História da literatura: o discurso fundador*, organizado por Carmen Zink Bolognini, contendo trechos do primeiro estudo estrangeiro sobre a literatura nacional, devido a Bouterweck (1805).[19]

Para concluir, acrescentemos às categorias já descritas os títulos dedicados ao estudo da crítica literária nacional, os quais, até onde nos foi possível averiguar, permanecem únicos na modalidade: *A crítica literária no Brasil* (1952), de Wilson Martins, e *Caminhos do pensamento crítico* (1980), organização de Afrânio Coutinho. A primeira obra, sobretudo a partir de sua segunda edição, em dois tomos (1983), impressiona pelo volume de informações reunidas, tratando-se de uma história da "crítica" tomada em

[18] Logo em seguida, esse mesmo material saiu em edição por nós organizada, com o título de *História da literatura brasileira: e outros ensaios* (2002).

[19] As seguintes edições por nós organizadas integram esse conjunto: Joaquim Caetano Fernandes Pinheiro, *Historiografia da literatura brasileira*: textos inaugurais. Rio de Janeiro, Eduerj, 2007; Francisco Sotero dos Reis, *Curso de literatura portuguesa e brasileira*: fundamentos teóricos e autores brasileiros. Rio de Janeiro, Caetés, 2014; Roberto A. de Souza (Org.), *Historiografia da literatura brasileira:* textos fundadores (1825-1888). Rio de Janeiro, Caetés, 2014. 2. v.; Álvares de Azevedo, *Literatura e civilização em Portugal*. Rio de Janeiro, Caetés, 2016; Roberto Acízelo de Souza (Org.), *Na aurora da literatura brasileira*: olhares portugueses e estrangeiros sobre o cânone nacional em formação (1805-1885). Rio de Janeiro, Caetés, 2017.

sentido amplo, isto é, como o conjunto dos estudos literários, segundo as "linhagens" reconhecidas pelo autor: gramatical, humanística, histórica, sociológica, impressionista e estética ou formalista. A segunda constitui extensa antologia da crítica literária nacional, em dois volumes, apresentando-se dividida em oito seções que o organizador pretende temáticas (cf. Coutinho, 1980, v. 1, p. 7) – Que é ser brasileiro, Abordagem histórico-cultural, O culto da forma, As heranças da tradição, Impressionismo, A literatura e ideias morais, A literatura como estrutura estética, A poesia como crítica –, mas para cuja constituição, na verdade, alternam-se os critérios de gênero literário, tema e orientação metodológica.

4. NOTA SOBRE O CRITÉRIO PARA A INCLUSÃO DE AUTORES NA LITERATURA BRASILEIRA

Nossos historiadores literários oitocentistas, em seus esforços para demarcar o território da literatura brasileira, precisaram de um critério que orientasse suas decisões de incluir ou excluir escritores na cartografia que iam construindo. Pode-se dizer que a questão tinha duas dimensões: uma geográfica e outra histórica, envolvendo, pois, respectivamente, o local e a época de nascimento dos autores cogitados para integrar o cânone nacional em formação.

Sílvio Romero, por exemplo, chegou a teorizar sobre a dimensão geográfica do problema, para efeito da elaboração de sua *História da literatura brasileira*; cala-se, contudo, quanto à sua dimensão histórica. Vejamos:

> Uma dificuldade secundária se me antolha, ao pôr o pé à entrada desse terreno. É sabido que muitos escritores brasileiros dos tempos coloniais se transportaram em moços, ou em crianças, para a metrópole e de lá não voltaram mais. Deve ser contemplado na história da literatura brasileira

um Antônio José, por exemplo, que do Brasil só teve o nascimento? Por outro lado, portugueses houve que, mudados para a América, aqui ficaram e se desenvolveram. Devem ser contados entre os nossos autores um José de Anchieta e um Antônio Gonzaga? Não trepido em os incluir no número dos nossos; os primeiros porque beberam no berço esse *quid* indefinível que imprime o cunho nacional, e porque suas obras, de torna-viagem recebidas com simpatias, vieram aqui influir; os segundos, porque, transportados ao meio americano, viveram dele e para ele. Mas não fica aí: muitos escritores portugueses, especialmente autores de crônicas, que permaneceram mais ou menos limitadamente entre nós e escreveram obras sobre o Brasil, deverão ser contemplados? É o caso de Pero Vaz de Caminha, Gandavo, Fernão Cardim, Gabriel Soares, Simão de Vasconcelos, Simão Estácio da Silveira, outros. Assim como não devem ser considerados escritores portugueses alguns brasileiros que no reino residiram temporariamente, como Borges de Barros ou Porto-Alegre, também não se podem contemplar os portugueses citados em o número dos nossos autores. Seria um redondíssimo absurdo, que nos levaria a contar também como brasileiros Hans Staden, Thévet, João de Lery [...] e muitos mais. [...] Só contemplarei, portanto, como nossos os nascidos no Brasil, quer tenham saído, quer não, e os filhos de Portugal, que no Brasil viveram longamente, lutaram e morreram por nós, como Anchieta e Gonzaga nos tempos coloniais, e, como políticos, Clemente Pereira e Limpo de Abreu. Todos estes tiveram do reino só o berço, sua vida foi brasileira e pelos brasileiros (Romero, 2001 [1888], v. 1, p. 59).

Como dissemos, Sílvio Romero equaciona e resolve o problema geográfico do local de nascimento dos autores a se incluírem na literatura brasileira: os naturais do Brasil são, por assim dizer, escritores brasileiros natos, mesmo tendo vivido em Portugal; os naturais de Portugal, por sua vez, desde que tenham "no Brasil viv[ido] longamente, lut[ado] e morr[ido] por nós", terão a sua cidadania literária brasileira reconhecida; os estrangeiros, porém, mesmo que tenham vivido entre nós e escrito sobre o Brasil, não serão incluídos. Observe-se que ele toca na dimensão histórica da questão ao referir-se aos "escritores [...] dos tempos coloniais", mas isso não lhe parece problema, pois, sendo eles naturais do Brasil, integrariam *naturalmente* a literatura brasileira.

Quase 30 anos antes, contudo, Fernandes Pinheiro, no seu *Curso elementar de literatura nacional* (1862), no início da parte da obra dedicada ao romantismo brasileiro, depois de explicar que, até aquela altura de sua narrativa, não fizera nenhuma distinção entre escritores "que, através do Atlântico, falam a língua de Camões" (Pinheiro, 2007 [1862], p. 212), afirma: "não pensamos que possa existir literatura brasileira antes da época que vamos estudar [isto é, o romantismo]" (p. 213). Desculpa-se, inclusive, por defender tese oposta à de Joaquim Norberto – "um particular amigo a quem muito respeitamos" (Ibidem, p. 212) –, e sustenta sua decisão ao estabelecer diferença entre independência literária e independência política, afirmando, quanto ao caso do Brasil, que

> esta precedeu àquela: formamos primeiro uma nação livre e soberana antes que nos emancipássemos do jugo intelectual; hasteamos o pendão auriverde, batizado pela vitória nos campos de Pirajá, muito tempo antes que deixassem de ser as nossas letras pupilas das ninfas do Tejo e do Mondego (Ibidem, p. 213).

E conclui asseverando que a independência literária só viera com o manifesto de Magalhães – "Ensaio sobre a história da literatura do Brasil" (1836) –, e assim, segundo seu ponto de vista, só haveria literatura brasileira autônoma a partir desse marco.

Sotero dos Reis também percebera a especificidade da dimensão histórica da questão, que não confundiu com a geográfica e resolveu adotando um critério jurídico-político: considerou todos os "escritores [...] dos tempos coloniais" súditos portugueses, e não cidadãos brasileiros, e sentenciou: "então tanto os nascidos no Brasil como em Portugal formavam todos uma só e mesma nação, ou eram todos portugueses" (Reis, 2014 [1867], p. 66). Assim, para o professor de São Luís, simplesmente não há literatura brasileira antes da independência do Brasil, pois, para ele, todos os escritores nascidos no Brasil se incluíam na literatura portuguesa, tanto quanto os naturais de Portugal, porque, na época, tanto uns quanto outros eram súditos da mesma monarquia. Assim, só se integrariam à literatura brasileira os autores atuantes após 1822.

José Veríssimo, por sua vez, também toca na dimensão histórica referida:

> A literatura que se escreve no Brasil é já a expressão de um pensamento e sentimento que se não confunde mais com o português, e em forma que, apesar da comunidade da língua, não é mais inteiramente portuguesa. É isto absolutamente certo desde o romantismo, que foi a nossa emancipação literária, seguindo-se naturalmente à nossa independência política. Mas o sentimento que o promoveu e principalmente o distinguiu, o espírito nativista primeiro e o nacionalista depois, esse se veio formando desde as nossas primeiras manifestações literárias, sem que a vassalagem ao pensamento e ao espírito português lograsse jamais abafá-lo. É exatamente a persistência no tempo e no espaço de tal sentimento, manifestado literariamente, que dá à nossa literatura a unidade e lhe justifica a autonomia (Veríssimo, 1969 [1916], p. 2).

Para o autor, assim, desde "as nossas primeiras manifestações literárias", situadas no século XVI, "o espírito nativista primeiro e o nacionalista depois" se "v[ieram] formando", o que, segundo ele, sustenta a decisão de se incluírem na história da literatura brasileira, por um critério literário e cultural, mesmo os escritores dos tempos coloniais, não obstante sua condição política de súditos portugueses, pois em suas obras, ainda que de modo menos pronunciado do que na dos autores do pós-independência, haveria uma "forma" diferenciada, "não [...] mais inteiramente portuguesa", "apesar da comunidade da língua".

Tentemos agora encontrar as pontas desse novelo.

Januário da Cunha Barbosa, na antologia que concebera como uma espécie de contrapartida brasileira ao *Parnaso lusitano* (1826) – o seu *Parnaso brasileiro* (1829-1832) –, sem maiores explicações incluiu no seu cânone poetas nascidos no Brasil antes da independência, implicitamente postulando a existência de uma literatura especificamente brasileira nos tempos coloniais. Posteriormente, sustentam esse mesmo ponto de vista, com o argumento de que sempre teria havido diferenças entre a colônia e a metrópole, Santiago Nunes Ribeiro e Joaquim Norberto. Tese oposta, contudo, defenderam, como vimos, Fernandes Pinheiro e Sotero dos Reis, mas, para a história literária brasileira institucional, prevaleceria mesmo a ideia de uma literatura nacional brasileira caracterizada desde pelo menos o século XVII, segundo o que postulam Romero e Veríssimo em suas respectivas *Histórias*, obras oitocentistas que cristalizaram o modelo historiográfico que vigoraria no século XX, e que não chegou a ser abalado com o retorno à perspectiva de Fernandes Pinheiro e Sotero dos Reis proposto por Antônio Soares Amora, que, na sua *História* (1954), opera com a distinção entre o que chama "Era luso-brasileira" (1549-1808) e "Era nacional" (1808-1964).

E assim se "naturalizou", nos tratados historiográficos dos séculos XX e XXI, a incorporação não só dos autores do período colonial nascidos no Brasil, mas também de muitos portugueses, mesmo alguns que não cumpriam a exigência patriótica de Sílvio Romero – como Pero Vaz de Caminha, Pero de Magalhães Gândavo, Gabriel Soares de Sousa –, que não viveram longamente no nosso País, e muito menos tiveram de lutar e morrer por nós para receberem as honras da história literária.

PARTE 2

RELAÇÕES COM A LITERATURA PORTUGUESA

5. O CULTO BRASILEIRO DA LITERATURA PORTUGUESA: RAÍZES OITOCENTISTAS

1

Segundo vimos, pode-se considerar a *História da literatura brasileira*, de Sílvio Romero, publicada em 1888, como a consolidação da disciplina homônima, que, desde então, se instala plenamente no sistema de ensino do País, sob aquele nome ou, mais usualmente, sob a formulação abreviada *literatura brasileira*. No entanto, como também vimos, antes daquele marco cronológico, pelo menos desde 1825 (data de uma carta de José Bonifácio na qual o autor se refere a fontes que considera indispensáveis para a elaboração de uma história literária do Brasil) diversos esforços se desenvolveram no sentido de propor os conceitos correlativos de literatura brasileira e sua história.

Uma das questões básicas enfrentadas por esses ensaios fundadores dizia respeito às relações entre a literatura portuguesa e a brasileira, problema para o qual variaram as soluções. Como a questão, para além dos seus aspectos literários, apresentava evidentes implicações políticas, envolvendo as relações tensas entre os estados nacionais brasileiro e português nas décadas que se seguiram à independência do Brasil, o predomínio de uma atitude antilusitana certamente teria levado a dificuldades para o culto da literatura portuguesa entre nós. Pois como teria sido possível tal culto, caso houvesse prevalecido a lusofobia ressentida, articulando literatura e política, documentada na seguinte passagem de Junqueira Freire (1832-1855)?

> Os verdadeiros gênios [...] de antes desse tempo [a independência] são nossos, porque também encararam emancipar desde então a literatura brasileira. Quereis prova da minha asserção? Dar-vos-ei três somente – Cláudio Manuel da Costa, José Basílio da Gama e Antônio José. São três nomes dessas eras bastardas, mas são três nomes que completam a literatura inteira do meu país (o primeiro é o nosso lírico, o segundo o nosso épico, o terceiro o nosso dramático). E Portugal estrangulou-nos o primeiro, queimou-nos o terceiro! O segundo, para salvar-se, foi renegado (Freire, 1869, p. 50).

Sabemos, contudo, que acabou preponderando, em relação a Portugal, um sentimento menos de ruptura do que de conciliação, processo em parte explicável pelo fato de que a dinastia portuguesa dos Bragança continuou reinando no Brasil após o 7 de setembro de 1822. No que diz respeito aos estudos literários, foram artífices da composição entre literatura portuguesa e literatura brasileira, entre outros, Joaquim Caetano Fernandes Pinheiro e Francisco Sotero dos Reis. Vejamos como manobraram nesse sentido esses dois professores brasileiros.

2

Fernandes Pinheiro, no seu *Curso elementar de literatura nacional* (1862), apesar do título, não trata apenas da literatura brasileira, mas também da portuguesa, que, aliás, ocupa o maior espaço da obra. É que, segundo o cônego fluminense, só haveria uma literatura brasileira distinta da portuguesa a partir da independência e do romantismo. Assim, ao historiar as épocas anteriores, situa lado a lado, observando a sequência cronológica, escritores nascidos em Portugal e no Brasil, considerando impertinentes as diferenças nacionais, que, segundo o autor, só passariam a vigorar a partir do que ele chama "escola brasílico-romântica", razão pela qual somente ao ocupar-se do período romântico separa os escritores portugueses dos brasileiros em capítulos específicos.

O *Resumo de história literária* (1873) permanece fiel à tese exposta no *Curso*, segundo a qual a independência e o movimento romântico é que teriam operado a separação entre as literaturas portuguesa e brasileira. Por esse motivo, o segundo volume da obra, dedicado às letras da língua portuguesa, divide-se em duas partes: a primeira trata exclusivamente dos escritores nascidos em Portugal, intitulando-se, pois, "Literatura portuguesa"; a segunda, ainda que dedicada inteiramente a autores nascidos no Brasil – ou entre nós estabelecidos, caso de Gonzaga –, abriga tanto escritores da época colonial (que assim pertenceriam à literatura lusa) como escritores do período posterior à independência (integrantes da literatura brasileira), razão pela qual, em vez de intitular-se simplesmente "Literatura brasileira", tem por título

"Literatura luso-brasileira", solução afinal coerente com o ponto de vista postulado por seu autor.

Sotero dos Reis segue orientação análoga. Assim, no seu *Curso de literatura portuguesa e brasileira* (1866-1873), depois de situar os referenciais teóricos (lição I a VIII do volume primeiro), ocupa-se, seguindo a cronologia de seu relato historiográfico, primeiro com a literatura portuguesa, da lição IX à LXIX (isto é, do livro I ao V, que preenchem os três primeiros volumes da obra e cerca da metade do quarto). Passa depois a cuidar da literatura brasileira nos livros VI e VII, dedicando-lhe, então, uma sequência de lições que vai da LXX à XCVI (correspondentes à parte final do volume quarto e à parte inicial do quinto). Retoma então a literatura portuguesa, a partir da lição XCVII e até a CIII (livro VIII, segundo segmento do volume quinto), quando arremata sua narrativa, considerando-se que a parte final do volume – "literatura bíblica" – constitui um adendo póstumo, nada tendo a ver com o plano do autor.

Abstraindo a organização editorial da obra, antiquada e algo confusa, vejamos como Sotero dos Reis resolve o problema das relações entre as literaturas portuguesa e brasileira. Conforme já indica o próprio título – *Curso de literatura portuguesa e brasileira* –, para o autor tudo se passa como se a união entre Portugal e Brasil, politicamente desfeita desde 1822, continuasse a vigorar do ponto de vista da produção literária, daí derivando não uma ruptura entre as expressões literárias nacionais dos dois países, mas a persistência de um vínculo aditivo entre ambas. Essa solução, gesto conceitual primário para a organização do *Curso*, decorre da importância determinante que a formação gramatical e retórica do mestre maranhense conferia à questão da língua na configuração do fato literário; assim, a comunidade linguística luso-brasileira, na sua percepção, é motivo suficiente para se postular a existência de vínculos naturais e fortes entre as literaturas de Portugal e do Brasil.

3

Em síntese, as obras Fernandes Pinheiro e Sotero dos Reis são bastante representativas do modo por que se institucionalizou entre nós o culto da literatura portuguesa. Se, por um lado, a historiografia romântica acabou por naturalizar a ideia de que pertenciam à história literária do Brasil os escritores aqui nascidos anteriormente à independência – e mesmo alguns naturais de Portugal e radicados na América portuguesa –, não prevalecendo assim a tese dos autores em questão segundo a qual aqueles escritores integrariam as letras lusitanas, por outro, não obstante certa lusofobia comum no Brasil oitocentista, o fato é que a literatura portuguesa nunca foi considerada propriamente estrangeira em nosso País, conforme compreensão que se firmou já no século XIX. Assim, quer pelo sentimento de familiaridade que despertava nos brasileiros, decorrente da circunstância de servir-se da mesma língua corrente no Brasil, quer pelo suposto caráter derivado da literatura brasileira em relação à portuguesa,[1] foi ela amada e estudada por brasileiros, praticamente ao mesmo tempo que se tornava objeto

[1] Cf.: "[A] nossa literatura é um ramo do tronco português [...]" (Pinheiro, 1873, p. 293); "A nossa literatura é galho secundário da portuguesa [...]" (Candido, 1971 [1959], v. 1, p. 9).

de estudo dos historiadores literários portugueses.[2] Desse modo, tornou-se, por força de lei, matéria de ensino obrigatória entre nós, inicialmente no nível secundário, pelo menos desde 1858 (cf. Souza, 1999, p. 164) – e isso no mesmo momento em que a própria literatura brasileira assumia tal *status* –, e, depois, quando da criação no País de cursos universitários de Letras, na década de 1930, também no nível superior. E mesmo em tempos mais recentes, com a flexibilização dos currículos em todos os níveis, segundo tendência que se observa na legislação nacional desde os anos 1980, revogada a obrigatoriedade do ensino de literatura portuguesa – aliás, também de literatura brasileira –, nem por isso a disciplina teve seu tradicional prestígio acadêmico abalado, permanecendo assim vivo no Brasil o culto da literatura portuguesa.

[2] O primeiro autor português a dedicar um livro à historiografia das letras lusas foi Francisco Freire de Carvalho, cujo *Primeiro ensaio sobre a história literária de Portugal* data de 1845. Depois disso, foram os brasileiros Fernandes Pinheiro e Sotero dos Reis que se ocuparam com a matéria, que só foi retomada em Portugal com a *História da literatura portuguesa*: introdução, publicada por Teófilo Braga em 1870.

6. A LITERATURA BRASILEIRA EM FACE DA PORTUGUESA NO SÉCULO XIX: UNIONISMO E SEPARATISMO

1

Já se disse que a nossa independência política, processo que implicou o desmembramento do Reino Unido de Portugal, Brasil e Algarves em dois estados nacionais soberanos, consistiu em uma espécie de "divórcio amigável".[1] Aceito esse pressuposto, compreende-se que, ao 7 de setembro de 1822, seguiu-se, nas relações entre Brasil e Portugal, uma partilha negociada dos bens materiais e simbólicos até então comuns. Nosso objetivo aqui é considerar o modo pelo qual os primeiros ensaios nacionais dedicados à história da literatura brasileira lidaram, nesta conjuntura de separação, com o problema do patrimônio literário, mostrando as correntes de opinião constituídas na época a propósito desse aspecto particular da questão.

[1] Cf.: "Naquele momento entre o príncipe [D. Pedro] e o ministro [José Bonifácio] o acordo tinha sucedido [...] para fazer da Independência, se possível, um divórcio amigável em vez de uma ruptura odiosa, menos ainda que uma querela sangrenta" (Lima, 1997 [1911], p. 184).

Comecemos por aquele que parece o documento brasileiro mais antigo no qual surge o tema da historiografia literária do nosso País. Trata-se de uma carta de José Bonifácio, datada de 1825. Nela, o Patriarca, em solução compreensível no momento em que escreveu – apenas três anos após a independência –, não chega a fazer clara distinção entre as letras de Portugal e as do Brasil. Assim, ao sugerir um rol de fontes para se elaborar-se a "história da literatura portuguesa" (Silva, 1825, *in* Souza, 2014, v. 1, p. 29), refere-se em seguida à "parte que diz respeito ao Brasil" (p. 30), chegando ainda a servir-se, um pouco adiante, da expressão "história literária do Brasil" (p. 31). Ao que tudo faz crer, julgando por esses indícios, José Bonifácio parece conformar-se a precedentes devidos a autores estrangeiros que, em obras dedicadas à história da literatura portuguesa, trataram também de escritores nascidos no Brasil, destacando essa circunstância, mas não a transformando em argumento para postular a existência de uma literatura brasileira autônoma.[2] Tudo indica, desse modo, que tenha concebido a possibilidade futura apenas de uma história da literatura portuguesa, na qual as produções brasileiras se incluiriam, com a simples menção de sua proveniência da antiga colônia, a título de detalhe tão somente acidental e acessório. Terão contribuído para esse pensamento alguns fatores: os modelos estrangeiros citados; as origens familiares, a formação e a vivência do autor – descendia de aristocratas portugueses, além de ter permanecido muitos

[2] Cf.: Friedrich Bouterwek, *Geschichte der Portugiesischen Poesie und Beredsamkeit* (1808); Simonde de Sismondi, *De la littérature du midi de l'Europe* (1813).

anos em Portugal, onde estudou e exerceu cargos importantes na administração pública –, que muito provavelmente o faziam sentir-se um súdito lusitano, pelo menos em matéria cultural; sua convicção de que "os períodos da literatura das nações modernas seguem [...] o desenvolvimento e perfeição das línguas" (Silva, 1825, *in* Souza, 2014, v. 1, p. 31), princípio cuja consequência necessária, tendo em vista a comunidade linguística entre o Brasil e a antiga metrópole, é colocar os produtos literários brasileiros na órbita de uma literatura unificada pela língua portuguesa.

Um pouco mais tarde, contudo, Januário da Cunha Barbosa, ao organizar o seu *Parnaso brasileiro* (1829-1832), em que se propõe "oferecer ao conhecimento do mundo as memórias dos ilustres brasileiros que fazem honra à literatura nacional" (Barbosa, 1829, *in* Souza, 2014, v. 1, p. 35), sem necessidade de maiores explicitações manifesta convicção clara acerca da autonomia da literatura brasileira em face da portuguesa. Com efeito, sua "coleção das melhores poesias dos poetas do Brasil" não só consiste em uma contrapartida evidente do *Parnaso lusitano*, três anos antes publicado em Lisboa, mas também, ao incluir Cláudio Manuel da Costa, José de Santa Rita Durão e Tomás Antônio Gonzaga entre os autores selecionados, opera uma espécie de repatriamento literário desses escritores,[3] uma vez que eles figuravam no referido *Parnaso lusitano*, como representantes das letras lusas, portanto.

[3] Incluímos, entre os "repatriados" de Januário, além de Cláudio e Durão, também Gonzaga, que o organizador do *Parnaso brasileiro*, na notícia biográfica que fornece sobre o autor, dá como nascido no Brasil. Somente mais tarde novas pesquisas constatariam que Gonzaga era na verdade natural do Porto.

Pouco tempo depois desse empreendimento entusiástico e patriótico de Januário da Cunha Barbosa, no entanto, José Inácio de Abreu e Lima (1795-1869), em um ensaio de 1835, embora por motivos bem distintos daqueles de José Bonifácio, defende a integração da cultura literária brasileira ao âmbito da literatura portuguesa, o que demonstra que a ideia da separação entre as literaturas do Brasil e de Portugal permanecia longe de consolidar-se. Assim, depois de esboçar um panorama histórico-crítico da literatura portuguesa, considerando-a pobre e de origem tardia – teria despontado, segundo ele, somente a partir de meados do século XVIII, vindo a assumir alguma importância apenas no início do século XIX –, pergunta ironicamente se nela haveria algum valor que ele desconhecesse; ao mesmo tempo, a qualifica com o pronome *nossa*, grifado no texto, como que contraditando reivindicações nacionalistas da época em favor de uma literatura brasileira específica:

> Se existe alguma cousa de mais proveito, desejaríamos sabê-lo; porque até agora temos feito um estudo particular da *nossa* literatura, e não podemos dar um passo mais adiante; chamamos-lhe *nossa*, porque ainda ontem éramos portugueses (conquanto nos pese); e, se rejeitarmos a literatura portuguesa, ficamos reduzidos a uma posição *quase* selvagem (Lima, 1835, *in* Souza, 2014, v. 1, p. 76).[4]

[4] Em obra posterior, Abreu e Lima mudaria de opinião, admitindo a autonomia da literatura brasileira. Cf.: "Sem os estorvos que o zelo indiscreto dos portugueses nos punha sempre por diante, para impedir o rápido voo da nossa inteligência, devemos cuidar de recuperar o tempo perdido, dando princípio à obra da nossa regeneração

No ano seguinte a essa manifestação de Abreu e Lima, no entanto, as reivindicações por uma literatura brasileira autônoma enfim se articulam em um texto que viria a ser considerado um marco, o "Ensaio sobre a história da literatura do Brasil",[5] de Domingos José Gonçalves de Magalhães. Nele, o autor lamenta o fato de que até então a literatura brasileira fosse tratada como "um apêndice à história da literatura portuguesa" (Magalhães, 1836, *in* Souza, 2014, v. 1, p. 93). Reconhece, porém, faltar-lhe "um caráter nacional pronunciado que a distinga da portuguesa" (Ibidem, p. 104), mas, ao mesmo tempo, conclui que a conquista da autonomia virá com a força de uma fatalidade: "o país se não opõe a uma poesia original, antes a inspira" (p. 107).

A partir desse influente estudo de Magalhães, essa visão por assim dizer *separatista* da literatura brasileira em relação à portuguesa ganharia muitos adeptos. Um momento especialmente forte na trajetória dessa concepção se deu no início da década de 1840, no episódio conhecido como "a polêmica da *Minerva Brasiliense*" (cf. Coutinho, 1968, p. 24). É que, em 1842, o publicista luso José da Gama e Castro, em uma série de artigos publicados no *Jornal do Comércio* do Rio de Janeiro, sob o pseudônimo "Um Português", sustentou discussão com um leitor anônimo que dirigira carta ao mesmo jornal,

intelectual e preparando os elementos de uma literatura propriamente brasileira" (Lima, 1843, p. VI).

[5] Uma segunda edição, precedida de uma "Advertência" e na qual o autor introduziu algumas modificações não essenciais, sairia em 1865, com o título parcialmente alterado para "Discurso sobre a história da literatura do Brasil".

publicada com a assinatura "O Brasileiro".[6] Enquanto este considerava autônoma a literatura brasileira, em face da portuguesa, aquele afirmava: "Fala-se de literatura brasileira por hábito, por vício, talvez por excesso de patriotismo; mas a verdade é que [...] literatura brasileira é uma entidade que não só não tem existência real, mas [...] até não pode ter existência possível" (Castro, 1842, *in* Souza, 2017, p. 41). E baseava sua tese em um princípio que vimos atuando no pensamento de José Bonifácio: "A literatura não toma o nome da terra, toma o nome da língua [...]" (Ibidem, p. 41). Ora, contra tal perspectiva, que vamos chamar *unionista*, Santiago Nunes Ribeiro, no ano de 1843, escreveu um longo ensaio dividido em duas partes, publicadas, respectivamente, nos números 1 e 2 do periódico romântico *Minerva Brasiliense*, em que procura refutar as teses de Abreu e Lima e de Gama e Castro, revigorando assim a concepção separatista, que defende de modo categórico: "a literatura brasileira tem seus predicamentos peculiares, e [...] se distingue da portuguesa por alguns traços característicos" (Ribeiro, 1843, *in* Souza, 2014, v. 1, p. 179).

A perspectiva unionista, porém, não se deixa abater. Reencontramo-la em um ensaio de Álvares de Azevedo, redigido por volta de 1850 e publicado pela primeira vez em 1853. Escreve o poeta, ironizando a atitude separatista, que, aliás, exemplifica com as "poesias americanas", título atribuído por Gonçalves Dias à sua então festejada produção indianista:

[6] Adiante, no capítulo "As histórias literárias portuguesas e a emancipação da literatura brasileira", detalhamos as circunstâncias que ocasionaram a controvérsia e seus desdobramentos na "polêmica da *Minerva Brasiliense*".

> [I]gnoro eu que lucro houvera [...] em não querermos derramar nossa mão cheia de joias nesse cofre mais abundante da literatura pátria. Por causa de Durão não podermos chamar Camões nosso? Por causa – por causa de quem?... de Alvarenga? – nos resignarmos a dizer estrangeiro o livro de sonetos de Bocage?!... (Azevedo, 2016 [*circa* 1850], p. 42).

E fundamenta sua ideia de uma "literatura pátria" comum a Portugal e Brasil não apenas com o argumento da comunidade linguística frequentemente invocada pelos unionistas – "sem língua à parte não há literatura à parte" (Ibidem, p. 61) –, mas também com razões culturais:

> [O]s vezos e usanças das colônias do Brasil eram os mesmos dos portugueses: a língua foi sempre a mesma. Os poetas, cuja nascença tanto honra ao Brasil, alçaram seus voos de águia na mãe-pátria. Com pouca exceção, todos os nossos patrícios que se haviam erguido poetas tinham-se ido inspirar em terra portuguesa, na leitura dos velhos livros e nas grandezas da mãe-pátria. [...] Não há nada nesses homens que ressumbre brasileirismo; nem sequer um brado de homem livre da colônia – nada [...] (Ibidem, p. 63).

E prossegue a controvérsia. Entre 1859 e 1862, foi a vez de nela intervir Joaquim Norberto, mediante os capítulos que chegou a publicar, em números sucessivos da *Revista Popular*, de uma extensa e minuciosa *História da literatura brasileira*, projeto bastante ambicioso para a época, mas que acabou estranhamente abandonado pelo autor. Norberto defendeu com veemência a tese separatista, exposta sobretudo no longo preâmbulo teórico da obra, o "Livro Primeiro: Introdução Histórica". Assinala a pertinência conceitual da distinção das letras do Brasil em relação às de Portugal, analisando em detalhe os argumentos contrários, e, diferentemente de Abreu e Lima, reconhece o valor da literatura portuguesa, circunstância que a seu ver teria sido negativa para o desenvolvimento autônomo da literatura brasileira:

> A literatura portuguesa tinha chegado à sua idade do ouro, havia se enriquecido em todos os gêneros. [...] e esse brilho deslumbrante perdeu-nos! A imitação fria, a imitação que apaga o entusiasmo, que extingue o estro, que esfria o delírio do gênio, lhe desvaira o sonho e retém-lhe o voo, tornou-os [aos escritores do período colonial] mais portugueses do que brasileiros (Silva, 2002 [1859], p. 40).

Essa constatação, por sinal, longe de pesar como obstáculo paralisante, deflagra no autor um sentimento de missão, configurado na convicção bem romântica de que caberia à sua época dotar a literatura brasileira de originalidade e caráter nacional:

> Nossos pais nos deram uma independência política [...]. Temos de continuar a revolução [...]; e [...] firmar uma independência, quiçá mais cara – a independência intelectual (Ibidem, [1862], p. 133).

> A independência política nos trouxe a independência literária; sacudimos o jugo imposto à inteligência, e nossos cantos ecoaram na Europa com todas as galas do nosso país [...] (Ibidem, [1861], p. 163).

Por outro lado, tais proclamações relativas à autonomia da nossa literatura em face da portuguesa, como já vimos, não implicaram a desvalorização desta, tampouco dispensaram o autor de ocupar-se com as letras de Portugal em uma obra exclusivamente destinada à história literária do Brasil. Assim, embora não tenha chegado a escrevê-los, o fato é que Norberto reservou-lhes dois capítulos do Livro Segundo em seu plano da *História da literatura brasileira*, intitulados, respectivamente, "Da língua portuguesa" e "Da literatura portuguesa", por uma presumível necessidade metodológica, destinada a dar conta do que provavelmente abordaria como "raízes" – ou imagem equivalente – lusitanas da cultura literária brasileira.

Tendo tais capítulos permanecido apenas como projetos, naturalmente não é possível acesso integral ao pensamento do separatista Norberto acerca da literatura portuguesa e suas relações com a brasileira. Em compensação, vejamos as soluções propostas por dois unionistas cujas obras aparecem na década de 1860, Joaquim Caetano Fernandes Pinheiro e Francisco Sotero dos Reis.

2

O primeiro, no seu *Curso elementar de literatura nacional*, de 1862, trata do patrimônio literário comum a Brasil e Portugal, não obstante o adjetivo *nacional* presente no título da obra, que em princípio restringiria seu âmbito às letras brasileiras. Revela-se, porém, confuso na justificativa dessa opção. É que, ao rejeitar o critério linguístico – "não é a língua que serve de divisão às literaturas"[7] (Pinheiro, 2007 [1862], p. 64) –, tão recorrente entre os unionistas, segundo já assinalamos, considera, no entanto, falível a aplicação do critério cultural e do político, pois, por um lado, julga que nem sempre "o clima, a religião, a forma de governo, os usos e os costumes atua[...]m [...] poderosamente sobre a literatura dos povos [...]" (p. 64), e, por outro, acredita que tanto é possível um país independente não ter literatura própria como uma nação subjugada possuí-la (cf. Ibidem, p. 64). Assim, sem dispor de um princípio geral, resolve casuisticamente, e, ainda por cima, de modo impreciso, o problema específico que lhe cabe enfrentar, postulando que só haveria uma literatura brasileira distinta da portuguesa a partir da independência e do romantismo, pois, até então, ainda que "certa fisionomia própria [...] caracteriza[sse] os poetas americanos, e [...] os extrema[sse] de seus irmãos de além-mar [,tais] diferenças [,] provenientes da influência do clima e dos costumes, [...] não eram suficientes para constituir uma literatura independente" (Ibidem, p. 212). Desse modo, ao se ocupar com as épocas anteriores ao romantismo, limita-se a observar a cronologia na apresentação dos escritores nascidos em Portugal e no Brasil, como princípio ordenador da exposição, considerando impertinentes para tal objetivo as diferenças nacionais. Estas, então, só passariam a existir a partir do que ele chama

[7] Conforme a lógica do próprio autor, por conseguinte, se a língua não é critério para a "divisão" entre as literaturas, também não o é para a sua "união". Assim – pode-se concluir –, não é a comunidade linguística entre Brasil e Portugal o fator que sustenta sua opção por uma comunidade literária luso-brasileira.

"escola brasílico-romântica", razão pela qual somente ao tratar do período romântico separa os autores portugueses dos brasileiros, dedicando aos primeiros a lição XLII – "Sexta época: 1826; escola romântica portuguesa" – e aos segundos a lição XLIII – "Escola romântica brasileira". Quanto ao emprego do adjetivo *nacional* no título da obra, assim se explica confusamente o autor: "por não termos uma [literatura] exclusivamente nossa, clamaremos de nacional [a literatura portuguesa]" (Ibidem, p. 11). Observemos, finalmente, que, nesse *Curso elementar de literatura nacional* – não esqueçamos: *nacional* –, a parte consagrada a escritores brasileiros responde por mais ou menos 20% do total de páginas, cabendo à parte portuguesa 75%, enquanto os 5% restantes se destinam ao preâmbulo teórico.

Em uma obra posterior – *Resumo de história literária* (1873) –, Fernandes Pinheiro conserva a solução adotada no *Curso* quanto à separação tardia – isto é, só a partir do século XIX – entre as literaturas portuguesa e brasileira. Assim, seu segundo volume, dedicado às letras da língua portuguesa, divide-se em duas partes: a primeira se ocupa com os escritores nascidos em Portugal, intitulando-se, por conseguinte, "Literatura portuguesa"; a segunda, por coerência com a opinião do autor, embora dedicada inteiramente a escritores nascidos no Brasil – ou entre nós estabelecidos, caso de Gonzaga –, chama-se "Literatura luso-brasileira", uma vez que acolhe tanto autores da época colonial (que assim integrariam a literatura lusa) como do período posterior à independência (únicos pertencentes à literatura brasileira, conforme a tese de Fernandes Pinheiro).

3

Tratemos agora do segundo unionista que emerge na década de 1860, o professor maranhense Francisco Sotero dos Reis, autor do *Curso de literatura portuguesa e brasileira*, cujos cinco volumes se publicaram de 1866 a 1873.

A obra se inicia com uma introdução teórica que ocupa em torno de 15% do volume primeiro. Passa, depois, a tratar das origens da língua portuguesa, e, logo em seguida, naturalmente segundo a ordem cronológica típica dos relatos historiográficos, concentra-se na literatura portuguesa, preenchendo com essa matéria o restante do volume primeiro, os volumes segundo e terceiro inteiros e mais ou menos a metade inicial do volume quarto. Só então transita para a literatura brasileira, dedicando-lhe a segunda metade do volume quarto e a primeira do quinto. Retoma por fim a literatura portuguesa, que preenche quase toda a segunda metade do volume quinto, arrematando, assim, a narrativa, dado que a parte final desse volume (cerca de 10% do seu espaço) – "literatura bíblica" –, constitui um adendo póstumo arbitrário, nada tendo a ver com o plano do autor. Em resumo, podemos dizer que a parte brasileira do *Curso* corresponde materialmente ao conteúdo de um volume (metade do quarto e metade do quinto), ao passo que a portuguesa equivale a três volumes inteiros e mais cerca de 75% de outro, dele se descontando o pequeno espaço dedicado à introdução teórica e ao apêndice "literatura bíblica".

Fixemo-nos agora no modo pelo qual Sotero dos Reis vê as relações entre as literaturas portuguesa e brasileira. Como se percebe logo a partir do título de sua obra – *Curso de literatura portuguesa e brasileira* –, as duas literaturas formam um conjunto resultante da adição de dois subconjuntos, com a precedência da porção portuguesa naturalmente justificada por um critério cronológico. Essa solução se fundamenta na importância decisiva que o mestre de São Luís conferia à língua para a constituição de uma literatura; assim, a comunidade linguística luso-brasileira, segundo o seu entendimento, explica a ligação estreita entre as literaturas de Portugal e do Brasil.

Veja-se agora o seguinte trecho do "Discurso preliminar", de caráter teórico, que precede o relato historiográfico. Observe-se o destaque conferido à questão da língua portuguesa no programa de estudos literários proposto; atente-se ainda para a referência fluida do possessivo *nossa*, sintoma da interpenetração admitida entre a literatura portuguesa e a brasileira, pois qualifica tanto toda a produção literária do idioma português como a literatura brasileira em particular;[8] repare-se, por fim, na afirmação – sintoma de um profundo desejo unionista – de que a literatura portuguesa constitui *parte principal* da *nascente literatura brasileira*.

> Tencionava eu [...] ocupar-me com a literatura antiga [a greco-latina] antes da *nossa* [a da língua portuguesa]; refletindo porém que isso não era matéria para um só curso letivo, mudei inteiramente

[8] Em muitos casos, o possessivo de primeira pessoa do plural refere-se mesmo especificamente à literatura portuguesa, como na seguinte passagem, entre diversas outras: "D. Dinis [...] foi não só o *nosso* primeiro poeta, mas o *nosso* primeiro escritor [...]" (Reis, 2014 [1866], p. 40; grifos nossos).

> de resolução. Assim tratarei no atual da literatura portuguesa e de *nossa* nascente literatura [a brasileira], de que a primeira é parte principal,[9] dando antes da análise crítica dos respectivos modelos algumas preleções sobre origem, formação e aperfeiçoamento da língua portuguesa, como preliminar para aquela indispensável (Reis, 2014 [1866], p. 51; grifos nossos).

Vejamos por fim, encerrando a análise do *Curso de literatura portuguesa e brasileira*, como o autor articula em seu relato os dois subconjuntos de que trata.

Inicialmente, a exposição se ocupa, nos termos do próprio *Curso*, com os quatro primeiros "períodos da literatura portuguesa", reconhecidos no lapso de tempo que se estende do século XII ao XVIII. Interrompe-se, então, a série de escritores nascidos em Portugal, para ocupar-se com os naturais do Brasil, sob a rubrica geral de "literatura brasileira", subdividida, sempre nos termos do *Curso*, em "precursores" – poetas que floresceram "enquanto [o Brasil] fazia parte da monarquia portuguesa" (Reis, 2014 [1868], p. 118) – e "literatura brasileira propriamente dita" (integrada por autores que, mesmo quando nascidos antes de 1822, alcançaram a maturidade após a independência).[10] Por fim, a exposição retoma o es-

[9] O adjetivo *principal*, no contexto, parece significar "fundamental", "essencial", e não "mais importante".

[10] Os poetas tidos como "precursores da literatura brasileira" – José de Santa Rita Durão, José Basílio da Gama e Antônio de Sousa Caldas – o seriam não pela circunstância do local de nascimento – "então tanto os nascidos no Brasil como em Portugal formavam todos uma só e a mesma nação, ou eram todos portugueses [...]" (Reis, 2014 [1867], p. 66) –, mas porque "já preludiavam [a literatura brasileira], os dois primeiros [Durão e Basílio] nas suas composições revestidas de cor

tudo de autores nascidos em Portugal, tratando do "quinto período da literatura portuguesa".

4

Façamos agora um balanço do percurso analítico efetuado. Pelo que se depreende da série de fontes examinadas, a controvérsia sobre as relações entre literatura portuguesa e brasileira permaneceu, até a década de 1860, marcada por um equilíbrio entre as correntes aqui respectivamente caracterizadas como unionista e separatista, o que não deixa de surpreender ao nosso olhar atual, tão condicionado pelo amplo triunfo posterior do separatismo. A partir da década seguinte, contudo, a corrente separatista passou a superar a sua adversária, como se constata, por exemplo, em trabalhos de Antônio Henriques Leal (1828-1885),[11] José Veríssimo[12] e Sílvio Romero.[13] Desde então, conforme solução consolidada na *História da literatura brasileira*, de Sílvio Romero (1888), bem como no livro homônimo de José Veríssimo (1916) - as duas grandes obras que encerraram o ciclo oitocentista de construção dos conceitos correlativos de literatura brasileira e sua história –, triunfou a ideia de autonomia da literatura brasileira, inclusive com a absorção

local, [...] e o último [Sousa Caldas] enriquecendo a nossa língua com um novo e soberbo gênero de poesia [a poesia bíblica]" (Reis, 2014 [1867], p. 68).

[11] "A literatura brasileira contemporânea", ensaio publicado no livro *Lucubrações* (1874).

[12] "A literatura brasileira: sua formação e destino", ensaio de 1877 republicado no livro *Estudos brasileiros* (1889).

[13] "O nacionalismo literário", ensaio publicado no livro *A literatura brasileira e a crítica moderna* (1880).

no seu âmbito dos escritores do período colonial, questão já empiricamente resolvida desde o *Parnaso brasileiro*, de Januário da Cunha Barbosa, e que, na tradição da nossa historiografia literária, incorporou-se como um dado "natural", no sentido de refratário a discussões e justificativas teóricas.

No entanto, por mais que tal solução aparente solidez inabalável, o fato é que a literatura portuguesa continuou, século XX adentro, a insinuar-se recorrentemente nas reflexões dedicadas à história e ao conceito de literatura brasileira. Veja-se, nesse sentido, a periodização proposta por Antônio Soares Amora em seu livro de 1954, segundo a qual a nossa literatura apresentaria duas "eras", a "luso-brasileira", do século XVI ao XVIII, e a "nacional", do século XIX em diante, o que configura versão mais ou menos atenuada do unionismo professado por Fernandes Pinheiro e Sotero dos Reis; ou, ainda, a conhecida afirmação de Antonio Candido, conforme a qual "a nossa literatura é galho secundário da portuguesa [...]" (Candido, 1971, v. 1, p. 9). Assim, se hoje não repugnasse tanto à nossa consciência pôr em dúvida o caráter meramente construído e contingente dos processos e formas culturais, diríamos que essa recorrência indicia uma *necessidade*, instalada na ordem natural das coisas.

7. AS HISTÓRIAS LITERÁRIAS PORTUGUESAS E A EMANCIPAÇÃO DA LITERATURA DO BRASIL

1

Como se sabe, Portugal reconheceu a independência política do Brasil em 1825, três anos, portanto, após a sua proclamação. Quanto ao reconhecimento da autonomia literária brasileira por parte da antiga metrópole, trata-se, é claro, de um processo difuso e menos formal, além de necessariamente mais lento. Nosso propósito aqui é rastrear esse processo, observando-o na instância em que se desdobrou, isto é, a produção historiográfico-literária portuguesa, já que a história literária, nos termos em que foi concebida no século XIX, estava para a cultura assim como a soberania nacional para a política.

Com esse objetivo, iniciemos por descrever sumariamente o desenvolvimento da historiografia literária de Portugal.

2

A exemplo do que ocorreu em outros países da Europa e da América, a historiografia da literatura portuguesa, no formato moderno de narrativa generalista orientada etiológica e teleologicamente, constitui-se e consolida-se no século XIX, com antecedentes nos séculos XVII e XVIII. Nos anos 1600, manifesta-se sob a forma de biografias de autores específicos – Camões, Sá de Miranda, João de Barros, Diogo do Couto –, ou, ainda, como simples listagens de escritores e obras respectivas; nos anos 1700, na grandiosa *Biblioteca lusitana* (1741-1759), de Diogo Barbosa Machado;[1] enfim, no século XIX, além da persistência do modelo setecentista representado pela obra de Barbosa Machado – o *Dicionário bibliográfico português* (1858-1923), de Inocêncio Francisco da Silva (1810-1876) e sucessores –, assume a apresentação narrativa referida, primeiro em trabalhos de estrangeiros – Friedrich Bouterwek, Simonde de Sismondi e Ferdinand Denis –,[2] depois em tentativas inaugurais de autores portugueses – Almeida Garrett (1799-1854), Freire de Carvalho, Costa e Silva, José Silvestre

[1] Na segunda metade do século XVIII e na passagem para o XIX, consignam-se ainda como antecedentes da história literária oitocentista as *Memórias para a história literária de Portugal e seus domínios: divididas em várias cartas* (1774), de Antônio Félix Mendes (1706-1790), publicadas sob o pseudônimo de João Pedro do Vale (cf. Abreu, *in* Bolognini, 2003, p. 48), e alguns estudos integrantes das *Memórias da literatura portuguesa*, publicadas pela Academia Real das Ciências de Lisboa (8 v., 1792-1814), especialmente "Memória sobre a poesia bucólica dos poetas portugueses", de Joaquim Foyos (1733-1811), e "Das origens e progressos da poesia portuguesa", de Antônio Ribeiro dos Santos (1745-1818) (cf. Ibidem, p. 42-43).

[2] Encontramos ainda sumárias referências a dois outros estrangeiros que devem figurar na relação: François Villemain (1790-1870) (cf. Salgado Júnior, 1973 [1959], p. 395) e A. M. Sané, este último autor de "Introdução sobre a literatura portuguesa, com notas históricas, geográficas e literárias" (1808) (cf. Abreu, *in* Bolognini, 2003, p. 53).

Ribeiro (1807-1891),[3] José Maria de Andrade Ferreira (1823-1875) e Camilo – e brasileiros – Álvares de Azevedo,[4] Fernandes Pinheiro e Sotero dos Reis –, atingindo, finalmente, o seu momento de plenitude oitocentista na obra de Teófilo Braga.[5] Em fins do século XIX e no século XX, parece inicialmente decair em manuais de objetivos estreitamente escolares – Mendes dos Remédios (1867-1932) e Joaquim Ferreira (1899-?) –, para depois reaver veleidades propriamente intelectuais – Fidelino de Figueiredo (1888-1967) e Antônio José Saraiva (1917-1993) e Óscar Lopes (1917-2013) –, além de se fazer representar em contribuições brasileiras, entre as quais as devidas a Massaud Moisés e Antônio Soares Amora. E nessa virada de século, não obstante o pouco interesse que a história literária de modelo romântico-realista vem despertando nesses tempos, por assim dizer, pós-nacionalistas, assinalam-se projetos de reciclagem dessa tradição,

[3] A obra de José Silvestre Ribeiro – *Primeiros traços duma resenha da literatura portuguesa* (1853) – não é pertinente para nossos objetivos, se de fato proceder o que a pesquisa revelou, segundo se depreende do próprio prefácio do autor e de notícias secundárias: não ultrapassou o que seria o volume primeiro de uma série, constituindo-se apenas em uma espécie de introdução teórica ao estudo da literatura portuguesa.

[4] Também a contribuição de Álvares de Azevedo – o longo ensaio de publicação póstuma intitulado "Literatura e civilização em Portugal", que deve ter sido escrito em 1850 – não nos interessa aqui, pela circunstância de não tratar de escritores vinculáveis à literatura brasileira – por terem nascido no Brasil ou aqui vivido –, em uma espécie de distante antecipação do que seria a praxe das histórias da literatura portuguesa produzidas por brasileiros no século XX, como adiante se verá.

[5] Não propriamente nos livros publicados de 1870 a 1885, mas na edição que refunde tais estudos, com o título de *História da literatura portuguesa*, publicada em quatro volumes, de 1909 a 1918.

concretizados em trabalhos produzidos por equipes, casos de uma obra elaborada sob a direção de Carlos Reis (*História crítica da literatura portuguesa*; 1993-2001) e de outra coordenada por Isabel Allegro de Magalhães (*História e antologia da literatura portuguesa*; 1997-2004).

A seguir, partindo do século XVIII, tendo em vista nosso propósito, vejamos a posição dos autores brasileiros, ou da própria literatura brasileira como instituição nacional, nessas produções consagradas à história literária de Portugal.

3

Na *Biblioteca lusitana*, como é natural, por tratar-se de obra muito anterior ao processo político que levaria à independência brasileira, os autores nascidos no País são tratados no mesmo plano dos demais, isto é, como se portugueses fossem, o que na verdade eram, sob um ponto de vista jurídico e político. Barbosa Machado, assim, limita-se a indicar o local de nascimento deles, dizendo, por exemplo, que Botelho de Oliveira "nasceu na cidade da Bahia, capital da América Portuguesa" (Machado, 1752, v. 3, p. 199), do mesmo modo que informa haver Camões nascido em "Lisboa, princesa de todas as cidades de Portugal" (Ibidem, p. 70), sendo ambos, portanto, naturais de duas cidades do mesmo país.

Quanto à sua retomada oitocentista – o *Dicionário bibliográfico português* –, apesar de sua publicação ter-se iniciado bem depois da independência do Brasil – o primeiro volume é de 1858 –, concluindo-se, aliás, por conta de sua morosa publicação e intermináveis suplementações, após seu centenário – o vigésimo terceiro e último volume é de 1958 –, nela se mantém o pressuposto da unidade literária entre Portugal e Brasil, circunstância que, por sinal, se explicita no próprio subtítulo da obra: "estudos aplicados a Portugal e Brasil".

Vejamos agora as soluções para a questão em apreço apresentadas por autores estrangeiros que no início do século XIX assinaram estudos pioneiros sobre a história literária de Portugal. Friedrich Bouterwek, na sua *História da poesia e da eloquência portuguesa* (1805),[6] bem como Simonde de Sismondi, no segmento dedicado a Portugal da sua obra (parte final do volume 4) *Sobre a literatura do meio-dia da Europa* (1813), tratam os escritores nascidos no Brasil como representantes da literatura portuguesa, o que seria de esperar-se, naturalmente, no caso de trabalhos produzidos antes de 1822. Já Ferdinand Denis, publicando sua obra após essa data – em 1826 –, propõe a autonomia da literatura brasileira,[7] ocupando-se dela em uma parte específica do ensaio, como se depreende já do seu título, a indicar que se trata, na verdade, de dois estudos justapostos em um único volume: *Resumo da história literária de Portugal, seguido do Resumo da história literária do Brasil.*

No mesmo ano, contudo, Garrett publica, como introdução ao *Parnaso lusitano*, a "História abreviada

[6] Trata-se do volume 4 da obra de autoria coletiva *História da poesia e da eloquência desde o fim do século XIII* (1801-1819; 12 volumes).

[7] Conforme, de resto, o postulado que o orienta, a correlação direta entre independência política e autonomia literária: "[A] América deve ser livre tanto na sua poesia quanto no seu governo" (Denis, 1826, *in* Souza, 2017, p. 259).

da língua e poesia portuguesa",[8] na qual os autores nascidos no Brasil permanecem considerados integrantes do patrimônio literário português: "E agora começa *a literatura portuguesa* a avultar e a enriquecer-se com as produções dos engenhos brasileiros" (Garrett, 1826, *in* Souza, 2017, p. 22; grifo nosso).

Na mesma linha, prossegue Freire de Carvalho no *Primeiro ensaio sobre história literária de Portugal.* Publicado em 1845 – mas com a redação iniciada em 1814, conforme declara o autor (Carvalho, 1845, p. 3) –, o estudo, exatos vinte anos após o reconhecimento da independência do Brasil por parte de Portugal, se propõe considerar escritores "*portugueses* de ambos os hemisférios" (Ibidem, p. 13; grifo nosso). Além disso, constitui a primeira manifestação de historiografia literária lusitana que estende a narrativa até eventos brasileiros seus contemporâneos, como se vê pelo trecho adiante transcrito. Observe-se que, pela referência aos quatro primeiros números do *Parnaso brasileiro*, de Januário da Cunha Barbosa, publicados de 1829 a 1830, "há poucos anos impress[o] no Rio de Janeiro" (Ibidem p. 255), a passagem, considerando o curiosamente lento processo de elaboração da obra, terá sido escrita na década de 1830, talvez até depois do manifesto autonomista de Gonçalves de Magalhães ("Ensaio sobre a história da literatura do Brasil"; 1836), o que não impede o autor de continuar desconhecendo as reivindicações românticas relativas à especificidade da literatura brasileira, especialmente em face da portuguesa. Eis a passagem em questão:

[8] Integrado às *Obras completas* do autor a partir da edição de 1904, o ensaio passa a ter por título "Bosquejo da história da poesia e língua portuguesa".

> O Brasil, além do [...] autor do *Caramuru*, [...] produziu neste mesmo período uma copiosa messe de bons poetas, quase todos eles no gênero lírico. A coleção de poesias intitulada *Parnaso brasileiro*, há poucos anos impressa no Rio de Janeiro, somente nos seus quatro primeiros números, que formam o primeiro volume, apresenta cultores das Musas, na maior parte dignos de louvor pela fertilidade de imaginação [...]. Entre os poetas acima indicados merecem especial comemoração os dois Alvarengas (Manuel Inácio e Inácio José), Cláudio Manuel da Costa, José Basílio da Gama, o célebre e desditoso Tomé Joaquim Gonzaga,[9] autor da bem conhecida coleção de poesias líricas, intitulada *Marília de Dirceu*, e ultimamente os dois Padres Caldas [...] (Ibidem, p. 255-56).

Nessa mesma década de 1840, em que sai o livro de Freire de Carvalho, o publicista português José da Gama e Castro radicalizava posição contra a tese romântica de uma literatura brasileira autônoma, não propriamente no campo em geral mais sereno das

[9] Confusão do autor: a referência, como logo se vê pela obra mencionada, é a Tomás Antônio Gonzaga. Quanto a Tomé Joaquim Gonzaga Neves (1738-1819), nasceu no Rio de Janeiro, e passou praticamente a vida toda em Portugal, sendo muito pouco conhecido tanto em Portugal quanto no Brasil. É que, apesar da reputação de poeta, não publicou suas composições originais, e, enquanto suas versões de dramas líricos para o português apareceram sem a indicação do tradutor, sua tradução de *O pastor fido*, do poeta italiano Guarini (1538-1612), por motivos que não se conhecem bem acabou apreendida pela censura da época, e parece que dela não restaram exemplares. Segundo Inocêncio Francisco da Silva (*Dicionário bibliográfico português*. Lisboa, Imprensa Nacional, 1862, v. 7, p. 361-63), fonte das informações sobre o escritor aqui resumidas, o hoje obscuro Tomé Joaquim era primo do famoso Tomás Antônio.

obras de histórias literárias, mas no âmbito imediatista e apaixonado das controvérsias jornalísticas. Isso se deu em 1842, no episódio conhecido como "a polêmica da *Minerva Brasiliense*" (cf. Coutinho, 1968, p. 24), que pode assim resumir-se: Gama e Castro, em uma série de artigos publicados no *Jornal do Comércio* do Rio de Janeiro, sob o pseudônimo Um português e intitulados "Inventos dos portugueses", atribui a Bartolomeu Lourenço de Gusmão (o famoso Padre Voador, jesuíta que viveu nos séculos XVII e XVIII),[10] a invenção da "arte de navegar pelos ares"; em um número seguinte, o jornal dá à publicidade carta de um leitor – que se assina O Brasileiro –, consignando queixa contra o que considera "uma usurpação feita aos Brasileiros", isto é, a atribuição de nacionalidade portuguesa ao Padre Voador, que, segundo o argumento da carta, tendo nascido em Santos, seria um inventor brasileiro, tanto quanto Cláudio Manuel da Costa e frei Francisco de São Carlos seriam literatos brasileiros; em uma terceira matéria veiculada pelo mesmo jornal, Um português faz a sua tréplica, afirmando particularmente sobre a questão da nacionalidade da literatura:

> Fala-se de literatura brasileira por hábito, por vício, talvez por excesso de patriotismo; mas a verdade é que [...] literatura brasileira é uma entidade que não só não tem existência real, mas [...] até não pode ter existência possível. [...] A literatura não toma o nome da terra, toma o nome da língua [...] (Castro, 1842, *in* Souza, 2017, p. 41).

[10] Ver adiante nota 13.

> Não há portanto literatura brasileira [...]; o que [...] há é que em muitas e muitas obras escritas por Brasileiros consiste um dos principais ornamentos da literatura portuguesa. [...] É nisto que provavelmente vai o engano: os literatos são Brasileiros, porém a literatura é portuguesa (Ibidem, p. 44).[11]

Voltemos agora à historiografia literária propriamente dita. À contribuição de Freire de Carvalho, segue-se a de José Maria da Costa e Silva. A exemplo de Garrett, o autor não ultrapassa o século XVIII nos dez volumes do seu *Ensaio biográfico-crítico sobre os melhores poetas portugueses*, publicados de 1850 a 1855.[12] Tanto quanto seus antecessores, trata os escritores nascidos no Brasil como portugueses, ocupando-se com Santa Rita Durão (volume 6, livro XII, capítulos I e II), Alexandre de Gusmão[13] (volume 9,

[11] Essa tese de Gama e Castro, cujo último argumento tenta promover uma dissociação entre a questão político-jurídica da cidadania dos escritores e o problema linguístico-cultural da literatura, seria mais tarde rebatida por Santiago Nunes Ribeiro, em um longo ensaio publicado na revista *Minerva Brasiliense*, em 1843, sob o título "Da nacionalidade da literatura brasileira", bem como por Joaquim Norberto, no capítulo "Nacionalidade da literatura brasileira", estampado na *Revista Popular*, no ano de 1860, e destinado a integrar a sua planejada *História da literatura brasileira*. Dissemos "*tenta* promover", porque, na verdade, a questão, ainda que apresente as dimensões linguística e cultural implícitas na alegação, nem por isso deixa de ser política, já que envolve o problema da nacionalidade.

[12] A rigor, a contribuição de Costa e Silva, segundo indica, aliás, o título da obra, constitui mais uma sucessão de biografias do que uma história literária narrativamente integrada.

[13] Nos séculos XVII e XVIII, registram-se dois escritores com esse nome, ambos tratados no âmbito da historiografia literária tanto de Portugal quanto do Brasil. O mais antigo nasceu em Lisboa no ano de 1629 e morreu em 1724; estudou e viveu no Brasil, onde se ordenou, entrando para a Companhia de Jesus. É autor, entre outras obras, da *História do predestinado Peregrino e seu irmão Precito* (1682), por

livro XX, capítulo II), Gregório de Matos (volume 9, livro XXI, capítulo II) – a quem atribui o epíteto não de Boca do Inferno, mas de Rabelais *português* (grifo nosso) –, Eusébio de Matos (volume 9, livro XXI, capítulo IV), Botelho de Oliveira (volume 10, livro XXIII, capítulo III) e Antônio José da Silva (volume 10, livro XXV, capítulo IV).

Na sequência cronológica, depois dos esboços mencionados, devidos a estrangeiros e a portugueses, a historiografia literária de Portugal ganharia desenvolvimento mais extenso e minucioso na obra de dois brasileiros. Assim, em 1862 o cônego fluminense Fernandes Pinheiro publicaria o *Curso elementar de literatura nacional* – no qual, apesar do *nacional* estampado no título, a literatura portuguesa ocupa espaço maior do que o reservado à brasileira –, e mais tarde, em 1873, o *Resumo de história literária*, cujo segundo volume é consagrado às letras da língua portuguesa. A essas contribuições o maranhense Sotero dos Reis acrescentaria a sua, publicando, de 1866 a 1873, os cinco volumes do *Curso de literatura portuguesa e brasileira*. Esses dois autores assumiram uma posição lusófila, de franco entusiasmo pela cultura literária de Portugal, a ponto de o primeiro considerá-la *nacional* – como se vê pelo título do livro –, e o segundo referir-se a ela frequentemente mediante o possessivo *nossa* (cf., por exemplo: Reis, 2014 [1866],

alguns considerada a primeira peça de prosa narrativa da literatura brasileira. Teve por aluno o famoso Bartolomeu Lourenço de Gusmão (1685-1724), o Padre Voador, por sua vez irmão mais velho de seu homônimo e afilhado, o Alexandre de Gusmão "brasileiro" (1695-1753) – porque nascido no Brasil –, destacado epistológrafo e funcionário da administração pública portuguesa no tempo de D. João V. A referência aqui é a esse segundo Alexandre de Gusmão.

p. 51 e 64).[14] Quanto à questão que aqui nos interessa, entendem Fernandes Pinheiro e Sotero dos Reis que os autores brasileiros nascidos até o início do século XIX integravam a literatura portuguesa, tendo ocorrido a divisão do patrimônio literário da língua portuguesa comum a Portugal e Brasil em duas literaturas nacionais distintas somente a partir da independência e do romantismo.

Teófilo Braga, por sua vez, na edição que em 1909 refunde seus estudos de história literária portuguesa (diversos volumes publicados de 1870 a 1885), parece haver assimilado a saída conciliadora proposta por Fernandes Pinheiro e Sotero dos Reis, isto é, inscrever na órbita da literatura portuguesa apenas os escritores "brasileiros" do período colonial. Assimilação, no entanto, ao que tudo indica, determinada por motivações nacionalistas. Assim, salvo algum engano nosso na tentativa de rastrear, no confuso plano da obra, a presença de autores presuntivamente brasileiros – ou por nascidos no Brasil, ou por terem aqui vivido –, o elenco, limitado à fase anterior à independência, chama a atenção pela restrição de nomes e por certas omissões surpreendentes: estão incluídos apenas Nuno Marques Pereira, Alexandre de Gusmão,[15] Antônio José da Silva e Tomás Antônio Gonzaga, e estranhamente se omitem os nomes de Basílio da Gama, Santa Rita Durão, Cláudio Manuel

[14] No Brasil, depois de 1822, ao longo dos séculos XIX e XX, a lusofilia, em matéria tanto cultural como política, sempre integrou, por mais paradoxal que possa parecer à primeira vista, o nacionalismo brasileiro, tendo sido pelo menos tão comum quanto as atitudes antilusitanas, se é que não prevaleceu sobre estas.

[15] O mais antigo; ver a propósito nota 13.

da Costa, Silva Alvarenga, Alvarenga Peixoto, os quais, como vimos, se acham referidos com destaque pelos historiadores que precederam a Teófilo Braga. Ou seja, todos os excluídos são naturais do Brasil – mais passíveis, portanto, da atribuição de "cidadania literária" brasileira –, ao passo que, dos incluídos, nasceram em Portugal Alexandre de Gusmão,[16] Gonzaga e, provavelmente, Nuno Marques Pereira; Antônio José da Silva, por sua vez, embora nascido no Rio de Janeiro, radicou-se em Portugal desde os oito anos, onde estudou e produziu sua obra.

Se nessa *História* de Teófilo Braga publicada em 1909 as alusões associáveis ao Brasil se limitam aos citados escritores da época colonial, em um dos volumes de suas obras anteriores – *História da literatura portuguesa: introdução* (1870) –, reforça a impressão de rejeição nacionalista da literatura brasileira o modo sintomático como comparece a produção brasileira posterior à independência, condenada pela suposta influência estranha – estrangeira – que poderia exercer sobre a poesia portuguesa, que o autor toma como reflexo da índole da nação. Assim, no sumário do § VII se lê "Álvares de Azevedo e o lirismo brasileiro. Sua influência perniciosa", e no texto tudo se resume à seguinte passagem:

> Em Portugal, país essencialmente católico, a escola *satânica* não teve adeptos; a melancolia lamartiniana pendeu mais para o hino religioso do que para a imprecação da dúvida e do desespero. Observando a poesia lírica do Brasil, encontra-se uma única feição,

[16] Ver a propósito nota 13.

a constante imitação de Byron, de Musset e de Espronceda (Braga, 1870, *in* Souza, 2017, p. 190).[17]

Por fim, assinalemos que no seu *Manual da história da literatura portuguesa* (1875) Teófilo Braga permanece atento ao mesmo princípio, tratando, por conseguinte, apenas de escritores "brasileiros" do período colonial, em um subcapítulo intitulado "Arcádia Ultramarina",[18] em que, além de mencionar vários poetas menores, concede algum destaque a Basílio, Durão, Cláudio, Alvarenga Peixoto e Gonzaga. Sobre Basílio, aliás, se pronuncia nos seguintes termos: "É um poeta nacional preparando o caminho para a nova literatura do Brasil" (Braga, 1875, *in* Souza, 2017, p. 209). Nova literatura do Brasil que, como tal, restaria fora da sua alçada de historiador da literatura portuguesa.

É assim a partir de Teófilo Braga que passa a vigorar a ideia de que cabe à historiografia literária portuguesa ocupar-se apenas com os autores vinculados ao Brasil – pelo local de nascimento ou residência – que sejam anteriores à independência, ficando os demais, portanto, sob a alçada exclusiva da historiografia da literatura brasileira.

[17] O trecho, além de demonstrar que o autor dispunha de conhecimento precário acerca da produção poética brasileira quase sua contemporânea, parece trabalhar com o pressuposto de que o Brasil era um país menos católico do que Portugal, o que, aliás, é pelo menos discutível.

[18] Espécie de suposta correspondente, em terras do Brasil, da Arcádia Lusitana. O autor revela assim desconhecer estudos brasileiros que já naquela época tinham demonstrado que não existira propriamente nenhuma "Arcádia ultramarina", erro por sinal arguido por Camilo Castelo Branco, em obra publicada no ano seguinte (cf. Castelo Branco, 1876, *in* Souza, 2017, p. 228).

Tanto é assim que Camilo Castelo Branco, alguns anos depois, mantém o mesmo princípio. Desse modo, no seu *Curso de literatura portuguesa* (1876), em que segue o plano e dá continuidade ao projeto de José Maria de Andrade Ferreira – interrompido no primeiro volume, publicado em 1875, por morte do autor –, inscreve um subcapítulo intitulado "Poetas da colónia brasileira", em que apresenta e analisa Basílio, Durão, Cláudio, Gonzaga, os dois Alvarengas e Sousa Caldas. Além desses autores, refere de passagem Gonçalves Dias, Casimiro de Abreu e Álvares de Azevedo – tidos como representantes da literatura nacional do Brasil, e que teriam sido prefigurados pelos setecentistas que estuda –, além de Gregório de Matos e Botelho de Oliveira, que considera "notáveis poetas" (Castelo Branco, 1876, *in* Souza, 2017, p. 228). Revela ainda estar bem informado sobre a literatura brasileira sua contemporânea, não só pela menção que faz dos nossos poetas românticos, mas também por referências – elogiosas, por sinal – a Joaquim Norberto, Pereira da Silva e Fernandes Pinheiro (Ibidem, p. 228), demonstrando assim familiaridade com os estudos que reivindicavam autonomia para a literatura brasileira, tese a que parece aderir, embora um tanto ironicamente, como se pode depreender da seguinte passagem: "O *Uraguai* é o timbre de Basílio da Gama, e o primeiro poema épico em que florejam as graças originais das musas brasileiras, *para nos expressarmos consoantes à época atual*" (Ibidem, p. 229; grifo nosso). Mas, naturalmente, esse reconhecimento de uma literatura brasileira emergente não o impede de considerar integrantes da literatura portuguesa os poetas anteriores à independência, e assim, por exemplo, refere-se a Sousa Caldas nos termos seguintes: "Eis o nome de um poeta superior, e o maior que tiveram os *portugueses* na poesia sacra [...]" (Ibidem, p. 236; grifo nosso).

A mesma solução se encontra, de modo tácito, isto é, sem qualquer tipo de argumentação, nos compêndios escolares de Mendes dos Remédios[19] e de Joaquim Ferreira (1939), ambos intitulados *História da literatura portuguesa*. No primeiro, acham-se notícias sobre Antônio José da Silva, Sebastião da Rocha Pita e Alexandre de Gusmão,[20] sem qualquer ressalva em relação aos escritores irrestritamente portugueses, além de um subcapítulo intitulado "Colónia brasileira", em que o autor trata dos épicos – Basílio da Gama e Santa Rita Durão – e dos líricos – Cláudio Manuel da Costa, Alvarenga Peixoto, Silva Alvarenga, Gonzaga e Sousa Caldas –, afirmando com todas as letras sobre este último, não obstante o nascimento no Rio de Janeiro: "é o poeta *português* que melhor desferiu voos em assuntos religiosos" (Remédios, 1930, p. 413; grifo nosso). No segundo, por sua vez, há referências a Antônio José da Silva, com algum destaque, bem

[19] Segundo informa João Palma-Ferreira (1984, p. 53), "em 1914 já ia [a obra] em 3ª edição", não tendo sido possível apurar com segurança a data da primeira. Acreditamos, contudo, que terá sido 1898, sob o título de *Literatura portuguesa: esboço histórico*, obra que, por sua vez, parece constituir o segundo volume de outra publicada pelo mesmo editor no mesmo ano, como segunda edição, intitulada *Introdução à história da literatura portuguesa*. Nesta última, não obstante o título, não se entra propriamente no tema por ele anunciado, havendo três grandes partes, ao que parece concebidas como preâmbulo para uma história da literatura portuguesa: Filologia portuguesa (que trata das origens da língua portuguesa, seus dialetos e relações com outros idiomas), Literatura grega e Literatura latina.

[20] O "brasileiro"; ver a propósito nota 13.

como informações sumaríssimas, em pouco mais do que uma página, sobre "alguns poetas nascidos no Brasil ou de origem brasileira [que] criaram fama" (Ferreira, 1939, p. 683): Santa Rita Durão, Basílio da Gama, Gonzaga e Sousa Caldas.

Do mesmo modo procede Fidelino de Figueiredo na sua *História literária de Portugal* (1944): na seção intitulada "III Época: 1756-1825", parte do Livro Terceiro (Era clássica: 1502-1525), limita-se, depois de referir de passagem Antônio José da Silva e Alexandre de Gusmão,[21] a abrir subcapítulo intitulado "Grupo brasileiro", em que se ocupa com Cláudio Manuel da Costa, Basílio da Gama, Santa Rita Durão, Alvarenga Peixoto, Gonzaga, "Cartas chilenas", Silva Alvarenga e Sousa Caldas. O autor se cala quanto à ausência, em sua *História*, de nomes "brasileiros" de outras épocas, mas, na passagem a seguir transcrita, parece querer justificar minimamente a inclusão dos setecentistas mencionados, em uma obra dedicada à história da literatura portuguesa:

> A Arcádia [Lusitana] refletiu influência sobre o Brasil, não tanto pela fundação de outra academia de igual tipo, coisa ainda hoje não provada, como pela aparição de um grupo de poetas, em que, a par do americanismo nascente, se ostentam formas do gosto, que os árcades em Portugal haviam defendido e exemplificado (Figueiredo, 1966 [1944], p. 295).

A mesma orientação se observa na *História da literatura portuguesa* (1955) de Antônio José Saraiva e

[21] O "brasileiro"; ver a propósito nota 13.

Óscar Lopes, mas somente nessa obra encontramos justificativa teórica para o procedimento:

> [A]pesar de o domínio linguístico português abranger o Brasil, não há dúvida de que a literatura brasileira adquiriu características diferenciais, relacionadas com a progressiva diferenciação nacional brasileira; e, como seria difícil, se não mesmo impossível apontar uma divisória intrínseca, o mais razoável será deixar de incluir no nosso estudo da literatura portuguesa as obras de autoria brasileira posteriores à data da proclamação da independência desse país [...]. As obras de naturais do Brasil anteriores a essa data serão ainda objecto do nosso estudo; conquanto também julguemos legítimo encará-las, a elas e até a obras de metropolitanos que viveram no Brasil (caso de Tomás António Gonzaga) sob o ponto de vista da formação da consciência nacional e literária brasileira (Saraiva; Lopes, 1973 [1955], p. 12-13).

Quanto à afirmação de que seria "legítimo" conceber as obras de escritores nascidos no Brasil antes da independência, e até mesmo a de autores naturais de Portugal e aqui radicados, "sob o ponto de vista da formação da consciência nacional e literária brasileira", eis um princípio que não é senão uma espécie de referendo metropolitano de compreensão firmada por antologistas e historiadores românticos brasileiros, que seria enfim consolidado por Sílvio Romero na sua *História da literatura brasileira,* de 1888, na qual se lê: "contemplarei [...] como nossos os [escritores] nascidos no Brasil [nos tempos coloniais], quer tenham saído, quer não (...)" (Romero, 2001 [1888], v. 1, p. 59).

Depois de Sílvio Romero, assim, as histórias da literatura brasileira tratarão como irrestritamente brasileiros tais escritores.[22] Não será por outro motivo que, em obras brasileiras dedicadas à história literária de Portugal lançadas no século XX,[23] eles não têm lugar – ou ocupam espaço reduzido a muito pouco, aparecendo ainda em geral qualificados como brasileiros –, dado o entendimento pressuposto de que se encontram devidamente acolhidos nos estudos historiográficos consagrados à literatura do Brasil.

4

Ponhamos agora um arremate cronológico à exposição. Se, no plano das relações de governo, Portugal reconhece a independência do Brasil em 1825, no que se refere à autonomia literária isso só ocorre bem mais tarde, em duas etapas mais ou menos distintas, conforme documentam as histórias literárias portuguesas. Assim, em um primeiro momento, situado na década de 1860 e atestado nas obras de Fernandes Pinheiro, Sotero dos Reis e Teófilo Braga, firma-se a ideia de que as obras de expressão portuguesa, não importando a naturalidade brasileira ou lusitana dos

[22] Representa exceção a *História da literatura brasileira* (1954), de Antônio Soares Amora, que segmenta a literatura brasileira em dois períodos, ditos, respectivamente, "Era luso-brasileira" (1549-1808) e "Era nacional" (1808-1964). No primeiro, situam-se os escritores que, nascidos no Brasil-colônia, integrariam o patrimônio literário comum a Portugal e Brasil; no segundo, os representantes de uma literatura nacional exclusiva do Brasil, que só teria surgido a partir de 1808, com a transferência do governo português para o Rio de Janeiro.

[23] Referimo-nos à *História da literatura portuguesa* (1960), de Massaud Moisés, e à *Presença da literatura portuguesa* (1961), de Antônio Soares Amora.

seus autores, integrariam o patrimônio da literatura de Portugal, desde que produzidas até antes da proclamação da nossa independência, marco a partir do qual o Brasil passaria a ter sua própria literatura nacional. Em um segundo momento, situado na década de 1950 e documentado no tratado de Saraiva e Lopes, as histórias literárias portuguesas, sem abrirem mão da possibilidade de situar no seu âmbito os autores "brasileiros" do período colonial, passam mesmo a admitir a retroação do conceito de literatura brasileira até os primeiros séculos da colonização, no que enfim concordam, após longa resistência, com o ponto de vista defendido já a partir do século XIX por historiadores e críticos nacionalistas brasileiros.

Desse modo, se tivermos por referência o primeiro momento desse processo, nossa emancipação literária só se torna reconhecida por parte de Portugal cerca de 40 anos após a independência; se, contudo, a referência for o segundo momento citado, então isso só terá ocorrido em torno de 150 anos depois do grito do Ipiranga. Em outros termos, a prevalecer este segundo critério, faz apenas mais ou menos 50 anos que o Brasil dispõe de uma literatura nacional específica reconhecida pela nossa antiga metrópole.

PARTE 3

QUESTÕES TEÓRICAS

8. A IDEIA DE HISTÓRIA DA LITERATURA

1

A produção cultural tradicionalmente chamada *letras* – campo bastante eclético, em que se incluem os mais diversos gêneros dos discursos, escritos ou até mesmo orais, como cartas, tratados, poemas, memórias históricas, orações políticas, judiciárias, religiosas, etc. – constituiu-se desde a Antiguidade em objeto de alguns saberes específicos, dotados de perspectivas próprias, embora intercomplementares, dada a comunidade de seu objeto material. Tais saberes, no vocabulário antigo ditos *artes* – não no sentido estético e moderno do termo, mas no antigo e clássico, isto é, determinada habilidade ou perícia especializada, passível de ensino e aprendizagem –, se disciplinaram sob os nomes de *gramática*, *retórica*, *poética* e *filologia*, e afinal, nas respectivas essências, permanecem incontornáveis mais de dois milênios depois de sua constituição.

A eles se acrescentaria, contudo, na modernidade, uma nova disciplina das letras, que viria a ser o primeiro saber moderno da área: a história da literatura. Esboçada desde o renascimento, mas consolidada somente no século XIX, a nova disciplina se distinguiu por pelo menos quatro atributos inovadores em relação às suas congêneres clássicas. Vejamos:

Em primeiro lugar, adotou a forma narrativa – afinal, se queria história –, e assim se formalizava em relatos cronologicamente organizados. Nisso se afastava de técnicas de exposição adotadas por outros gêneros pré-historicistas consagrados a disponibilizar informações sobre a cultura literária, como as chamadas *bibliotecas*, que se organizavam à maneira das enciclopédias, isto é, por verbetes dispostos em ordem alfabética sobre os diversos autores, contendo dados biobibliográficos, diferindo, por conseguinte, da integralidade narrativa que caracteriza as histórias literárias.[1]

Em segundo lugar, a história da literatura se afastou do universalismo das disciplinas clássicas dos discursos, ocupando-se exclusivamente com a cultura literária de cada estado-nação.[2] Assim, se, por exemplo, a retórica é sempre *a* retórica, não se especificando

[1] Desse gênero temos um bom exemplo no âmbito da nossa língua, a *Biblioteca lusitana*, monumento barroco produzido pelo abade Diogo Barbosa Machado e publicado em quatro volumes de 1741 a 1759.

[2] Na verdade, a história da literatura, menos frequentemente, pode ter por objeto conjuntos mais amplos do que os estados nacionais, casos, por exemplo, da *História da literatura europeia* (1803-1804), de Friedrich Schlegel (1722-1829), ou da *História da literatura ocidental* (1959-1966), de Otto Maria Carpeaux. Existem ainda compêndios escolares cuja proposição é cobrir todas as literaturas de todas as épocas e lugares, os quais, na verdade, consistem na justaposição de capítulos dedicados a determinadas literaturas "nacionais" particulares, aí compreendidas tanto as ocidentais modernas como as "literaturas" orientais (assírio-babilônia, hindu, chinesa, japonesa, persa, hebraica, árabe) e clássicas (grega e latina). Alguns exemplos dessas obras didáticas: *Resumo de história literária* (1873), de Fernandes Pinheiro; *Noções de história de literatura geral* (1932), de Afrânio Peixoto; *História universal da literatura* (1935), de Estêvão Cruz (1902-1937); *Noções de história das literaturas* (1940), de Manuel Bandeira.

segundo as nacionalidades, a história da literatura se circunscreve a esse ou àquele país: desse modo, não faz sentido se falar em *retórica francesa* ou *retórica alemã*, ao passo que, quando se diz *história da literatura*, espera-se sempre um adjetivo pátrio que a particularize, e por isso dizemos *história da literatura francesa*, *história da literatura alemã*, *história da literatura brasileira* e por aí afora.

Por outro lado, se as disciplinas antigas se concebiam como "artes", a história da literatura reivindicou inscrever-se no campo das ciências, e por isso, à falta de método próprio, recorreu ao apoio conceitual e metodológico de outras ciências sociais emergentes no século XIX, procurando, assim, aproximar-se da história positivista, da sociologia, da psicologia e da filologia cientificista do Oitocentos, cujas teorias e operadores empenhou-se em assimilar para seu próprio uso.

Assinale-se, por fim, que a história da literatura, pelo menos em teoria, tentou guardar distância da crítica,[3] eximindo-se, pois, da emissão de juízos de valor, na tentativa de concentrar-se exclusivamente na análise e na exposição dos "fatos" de sua eleição: a sequência das

[3] Não listamos a crítica entre as disciplinas dedicadas às letras, porque fazê-lo implicaria um desvio do nosso foco. Devemos, contudo, pelo menos, situar sumariamente a noção, para preencher a lacuna. Baste o seguinte: a crítica à antiga constituía a última parte da análise gramatical de um texto, destinando-se a um juízo sobre a autenticidade e o valor da obra em questão, sempre a partir de prescrições gramaticais e retóricas; sua reconcepção moderna, processo deflagrado na altura do século XVIII, a transformou em juízo emancipado de tutela normativa, e, por isso, dependente da variação subjetiva do gosto. O gesto crítico, no entanto, seja na sua configuração antiga, seja na moderna, implica sempre um pronunciamento sobre valor, e justamente isso é que a história da literatura, no seu factualismo, procurou rejeitar.

eras, épocas, fases ou períodos da literatura nacional em causa; a vida e a obra dos autores; a reconstituição dos contextos em que se desenvolve a atividade literária, considerando aspectos étnicos, sócio-históricos e físico-geográficos. Veja-se, nesse sentido, a posição de Georg Gottfried Gervinus (1805-1871), historiador da literatura alemã: "Nada tenho a ver com o julgamento estético [...], não sou um poeta, nem um crítico de Belas-Letras. [...] [O historiador] mostra [...] os produtos poéticos a partir de uma época, do círculo das ideias, [...], procura as causas, os modos de ser e seu efeito [...]" (Gervinus, *apud* Zilberman, 2006, p. 274).

Podemos então, com esses elementos, propor uma definição de história da literatura: disciplina que consiste "num discurso etiológico e teleológico acerca da literatura de determinado país [...]. [...] dispondo sobre as origens e os fins de uma literatura nacional, esse discurso [...] opera escolhas, delineia periodizações, organiza hierarquias, estabelece[ndo] um cânone [...]" (Souza, 2014, v. 1, p. 15), o cânone dos clássicos nacionais.

2

Sejamos agora consequentes com a autolimitação das histórias literárias ao âmbito de cada nação e concentremos nossa atenção no caso brasileiro.

Em países como o Brasil, por razões que não parece muito fácil determinar, a história da literatura alcançou grande prestígio acadêmico e institucional.[4]

[4] Hans Ulrich Gumbrecht, em um ensaio de 1998 ("The origins of literary studies – and their end?"), propõe uma tese sobre a questão, aplicável ao Brasil, embora nosso País não seja citado entre os exemplos que fornece. Segundo o autor, as histórias literárias nacionais não por

Nas imediações da independência – décadas de 1820 e 1830 –, conhece seus primeiros esboços, entre os quais citemos os fascículos do *Parnaso brasileiro*, publicados por Januário da Cunha Barbosa de 1829 a 1832, e o ensaio-manifesto de Gonçalves de Magalhães, "Discurso sobre a história da literatura do Brasil", publicado em 1836 no primeiro número da revista *Niterói*.[5] Depois, seu aperfeiçoamento progressivo acompanha o processo de consolidação do estado nacional brasileiro durante o Império, materializando-se em obras mais completas e ambiciosas, como *História da literatura brasileira* (1859-1862), de Joaquim Norberto,[6] *Curso elementar de literatura nacional* (1862), de Fernandes Pinheiro, e *Curso de literatura portuguesa e brasileira* (1866-1873), de Sotero dos Reis. Por fim, na época da proclamação da república, alcança a maturidade, apresentando-se

acaso se teriam desenvolvido especialmente em países que sofreram grandes derrotas militares ou humilhações; com suas preocupações cívicas e patrióticas, as histórias literárias representariam assim um mecanismo de compensação, ao resgatarem, colecionando e exaltando glórias literárias, os sonhos de grandeza histórica de nacionalidades ressentidas. Estariam nesse caso a Prússia, a Itália, a França e a Espanha, países que, "humilhados e ofendidos" em algum momento no século XIX, por isso mesmo teriam desenvolvido histórias literárias pujantes, ao contrário, por exemplo, da Inglaterra e dos Estados Unidos, onde a disciplina jamais alcançou grande relevo. No caso do Brasil, a proceder a tese, o trauma teria sido a opressão colonial, compensada, após a independência, por um intenso surto de história da literatura. No entanto, por imaginosa que seja a tese, sua demonstração é problemática, dados os inúmeros contraexemplos que suscitaria.

[5] Citamos o título da versão definitiva, publicada em livro no ano de 1865; na versão de 1836, o texto tinha por título "Ensaio sobre a história da literatura do Brasil".

[6] A obra foi publicada em capítulos na *Revista Popular*, tendo restado incompleta; foi recolhida em livro apenas em edições de 2001 e 2002, mencionadas adiante nas "Referências".

com fisionomia plenamente definida na *História da literatura brasileira* (1888), de Sílvio Romero.

No século XX, prosseguiria sua carreira bem-sucedida, sempre *pari passu* com os rumos gerais da nação. Assim, na década de 1930, passa por um processo de relativa renovação, que coincide com o fim da República Velha, sendo representativas desse momento a *História da literatura brasileira* (1930), de Nélson Werneck Sodré, bem como a obra homônima de Artur Mota, também de 1930, além da *História do romantismo no Brasil* (1937), de Haroldo Paranhos. Em seguida, nos anos 1950, tempos de nacional-desenvolvimentismo, experimenta o que hoje talvez já possamos reconhecer como seu derradeiro florescimento verdadeiramente criativo, com a publicação da *História da literatura brasileira* (1954), de Antônio Soares Amora, *A literatura no Brasil* (1955-1959), obra coletiva dirigida por Afrânio Coutinho, e a influentíssima *Formação da literatura brasileira* (1959), de Antonio Candido. Depois disso, contudo, ainda que reciclada em obras de mérito, a história da literatura brasileira, como disciplina acadêmica, entra em uma fase de evidente declínio, fato que coincide – e ao que tudo indica não por mera coincidência – com o arrefecimento do nacionalismo como força política no País, notado sobretudo a partir da década de 1980. Destacam-se nesse período a *História concisa da literatura brasileira* (1970), de Alfredo Bosi, *De Anchieta a Euclides* (1977), de José Guilherme Merquior, *História da literatura brasileira* (1983-1989), de Massaud Moisés, e *Literatura brasileira: origens e unidade* (1999), de José Aderaldo Castello.[7]

[7] Este e os dois parágrafos anteriores retomam, com poucas adaptações, trecho do ensaio "Os estudos literários: fim(ns) e princípio(s)" (p. 31-32).

3

Mas a história da literatura, depois dos seus brilhantes feitos cognitivos do século XIX, tenderia, no século XX, a tornar-se uma prática convencional e rotineira. Mesmo no Brasil, onde, como vimos, encontrou ambiente favorável para o seu desenvolvimento, a partir da década de 1970 nada mais produziu que fosse verdadeiramente inovador e criativo, pelo menos a nosso juízo.

Vários fatores contribuíram para a decadência da disciplina, entre os quais já referimos um, que relacionamos ao caso brasileiro, mas que se aplica igualmente aos demais países de cultura ocidental: a recessão do pensamento nacionalista, observável principalmente na segunda metade do século XX, pensamento que constituía, por assim dizer, a sustentação ideológica do empreendimento gnosiológico representado pela história literária.

Por outro lado, a história literária, ao estabelecer um cânone dos clássicos do país a que se aplica, projeta uma imagem homogênea e unitária da nação, dita *identidade nacional*, apagando, com isso, diferenças e conflitos de interesse entre classes e grupos diversos, que afinal perfazem a composição efetiva das sociedades nacionais. Ora, a constatação disso compromete a credibilidade da história da literatura, e assim seu conceito-chave, o de literatura nacional, acaba impugnado: desse modo, por exemplo, não haveria *a* literatura brasileira, mas tantas literaturas quantas forem as identidades de segmentos sociais discerníveis: literatura feminina, literatura *gay*, literatura de afrodescendentes, etc., etc.

Terceira causa para a queda do prestígio da história literária talvez se encontre no seu próprio formato estrutural. Configurando-se como narrativa dotada de enredo claramente estruturado, com começo, meio e fim, a história da literatura narra como determinada sociedade nacional, a partir de esboços pobres, primitivos e incaracterísticos, vai construindo uma cultura literária cada vez mais própria e aperfeiçoada, até o alcance de um ideal de plenitude, não faltando nesse enredo um herói – o "gênio nacional" –, seus coadjuvantes – a galeria dos escritores – e um vilão – as "influências estrangeiras". Seu correlato estrutural, portanto, podemos identificar no romance romântico-realista, que talvez não por acaso teve sua consagração no mesmo momento em que a história da literatura alcançava o auge do seu prestígio, o século XIX. Ora, se vale a aproximação, o desdém modernista por tramas lineares e narrativas inteiriças, preteridas em favor da composição fragmentária e solta, assim como determinou o desapreço pelo modelo romântico-realista de romance, teria também contribuído para o desprestígio da história literária.

Por fim, outro fator que certamente influiu para a destituição da história da literatura do lugar de relevo conquistado pela disciplina no campo dos estudos literários no curso do século XIX foi a ascensão da teoria da literatura. É que esta, configurada a partir do início do século passado, se apresentou exatamente como contestação dos principais fundamentos daquela: contra o recorte nacionalista, propunha uma compreensão universalista do objeto literário; no lugar de adesão ao concreto e da feição narrativa, colocava abstratização e exposição conceitual; em vez do empenho na reconstituição de contextos, o estudo imanente dos textos; enfim, contra a inapetência pela teorização,[8] manifestava gosto decidido pelo labor teórico, de resto fazendo jus ao nome que se atribuiu – *teoria* da literatura.

4

Para concluir, uma última e sumária observação. Vimos que a história da literatura constitui uma disciplina, tendo seu objeto, teorias e métodos, mas também configura um gênero do discurso, integrando-se ao narrativo, por certas afinidades estruturais com o romance, conforme observamos, bem como com a epopeia, dada sua feição nacionalista e patriótica.

[8] Na verdade, um dos traços típicos da história da literatura é mesmo seu pouco caso com teorizações, e, por conseguinte, sua rarefação conceitual e apego a fatos que supõe concretos, e por isso mais passíveis de apresentações concretizantes e narrativas do que de redução a conceitos. Assim, encontramos basicamente duas atitudes nas grandes obras de história da literatura relativamente a seus fundamentos teóricos: em alguns casos, a exposição sobre períodos e autores é antecedida de um capítulo preambular mais ou menos sumário, que expõe as bases teóricas do que se lerá; em outros casos, entra-se direto no assunto principal, iniciando-se a narrativa dos "fatos" históricos da literatura nacional em questão, sem qualquer satisfação sobre as diretrizes conceituais que hão de orientar o relato. Citemos só dois exemplos de cada caso: ilustra o primeiro a *Histoire de la littérature française* (1894), de Gustave Lanson (1857-1934); o segundo, a *Storia della letteratura italiana* (1870-1871), de Francesco De Sanctis (1817-1883). Antonio Candido, na sua *Formação da literatura brasileira* (1959), optou por uma saída conciliadora: assim, colocou a seguinte nota de rodapé na primeira página de seu preâmbulo teórico: "A leitura desta 'Introdução' é dispensável a quem não se interesse por questões de orientação crítica, podendo o livro ser abordado diretamente pelo Capítulo I" (Candido, 1971 [1959], v. 1, p. 23).

Acrescentemos agora que, além de disciplina e gênero, a história da literatura funciona como uma instituição: integra os sistemas de ensino de muitas nações, na condição de matéria escolar obrigatória. No Brasil, em geral com o nome de *literatura brasileira* (o que não é senão redução da expressão plena *história da literatura brasileira*), dispõe desse *status* desde 1858, quando os termos *literatura nacional* e *literatura brasileira* passam a integrar a nomenclatura do currículo adotado no Colégio Pedro II, então constituído em padrão para todas as escolas do País. Agora, no entanto, um século e meio passados, cabe perguntar se a história da literatura manterá ou não sua condição de instituição nacional entre nós, em meio à crise de credibilidade em que se encontra; por enquanto, apesar da crise, ela continua sendo a principal referência para a formação literária dos nossos estudantes, já que se ensina literatura – em especial a brasileira – basicamente segundo a imagem que dela constrói a história da literatura.

9. DEFINIÇÃO DE LITERATURA: PERSPECTIVAS CONCEITUAL E HISTORIOGRÁFICA

Um dos mais prestigiosos tratados de historiografia literária nacional do século XIX é *Storia della letteratura italiana*, de Francesco De Sanctis (1817-1883), publicada em 1871. Eis como o autor inicia sua exposição:

> 1. Primeiros documentos da literatura italiana. – Considera-se usualmente o mais antigo documento da nossa literatura a cantiga ou canção de Ciullo (diminutivo de Vicenzo di Alcamo), e uma canção de Folcachiero de Siena.
> Qual das duas canções seja anterior é coisa pueril disputar-se, sendo elas não princípio, mas parte de toda uma época literária, que começa muito antes e alcança o esplendor sob Frederico II, do qual toma o nome (De Sanctis, 1950, p. 29; tradução nossa).

Observe-se a total ausência de um preâmbulo que situe os fundamentos conceituais ou metodológicos da exposição, que se inicia diretamente pelo relato cronológico dos fatos. Tal alheamento em relação a conceitos conduz ao emprego de termos que restam sem definição, acerca dos quais se pressupõe uma compreensão tácita, dado que, segundo se pode deduzir desse processo expositivo, se prestariam a definição óbvia e incontroversa, e, portanto, inteiramente supérflua. É o caso, inclusive, do mais central dos termos técnicos ocorrentes na obra – *literatura* –, que o autor se julga desobrigado de definir, certamente convicto de que todos os leitores compreenderão prontamente o que vem a ser, afinal, "a nossa literatura".

No entanto, justamente esse termo é um bom exemplo para demonstrar a deficiência de tal modo de exposição, a que chamaremos *historiográfico*. Veja-se: o autor serve-se de um termo técnico da sua época, correspondente a um conceito que considera tão óbvio que prescindiria de definição; ocorre, no entanto, que o termo, de certo modo um neologismo do século XIX, simplesmente não se aplica às letras do tempo das canções em causa – o século XIII –, época em que a palavra *literatura* ainda não integra o vocabulário dos vernáculos modernos, e em que as diversas manifestações das artes verbais – entre elas, a canção – ainda não se tinham unificado sob um só conceito, que seria expresso, no futuro, pelo vocábulo *literatura*.

Friedrich Schlegel (1772-1829), por sua vez, percebeu, na sua *História da literatura europeia* (1803-1804), a necessidade de um preâmbulo conceitual, mas, talvez cedendo ao prestígio do historicismo, tão forte no seu tempo, resolveu o dilema história *versus* conceito dissolvendo este no sorvedouro daquela: "Antes de começarmos nossa exposição histórica, será necessário oferecer um conceito provisório de literatura, que precise a dimensão e os limites do todo. Mas esse conceito só pode ser provisório, pois o conceito mais pleno é a própria história da literatura" (Schlegel, 2011 [1803-1804], p. 504).

2

Os exemplos apresentados, que poderiam multiplicar-se para a verificação da mesma evidência, demonstram que o século XIX se assinalou, no campo dos estudos literários, pelo predomínio absoluto do modo de exposição historiográfico sobre o modo de exposição conceitual. Ora, o século XX inverteria a tendência, conforme veremos pela análise de um manual acadêmico que, segundo matéria publicada no suplemento "Prosa e Verso" do jornal *O Globo*, na edição de 26 de junho de 2010, tornou-se um "*best-seller* internacional, com mais de um milhão de exemplares vendidos": *Teoria da literatura: uma introdução*, do professor inglês Terry Eagleton. Trata-se de obra de 1983, que vem tendo diversas edições, das quais seis no Brasil (1986, 1994, 1997, 2001, 2003, 2006).

Ao contrário da praxe dos manuais historiográficos oitocentistas, o livro se inicia com duas partes dedicadas à exposição de seus fundamentos conceituais: um prefácio conciso e um capítulo consagrado a extensa discussão de seu conceito central, intitulado "Introdução: o que é literatura?". Analisemos detidamente esse capítulo.

Em certa passagem, manifesta-se clara consciência da historicidade do conceito em questão, sob a forma de uma autoadvertência retórica: "Podemos estar oferecendo como definição geral um sentido do 'literário' que é, na verdade, historicamente específico" (Eagleton, 1987 [1983], p. 10; tradução nossa). Exemplo dessa inconsistência, aliás, encontramos no trecho de De Sanctis anteriormente citado, no qual se verifica um uso anacrônico do conceito, como vimos, pois ali se toma por geral certo "sentido do literário" que, contudo, é específico do tempo do autor, podendo, por conseguinte, aplicar-se ao século XIX, mas não ao XIII.

A observação de Eagleton, então, nos parece perfeita, desde que a ressalva das aspas na palavra "literário" sirva efetivamente para assinalar que o termo aí se encontra na falta de expressão mais apropriada. É que, sem as aspas, *o literário*, como substantivo, seria sinônimo de *literariedade*, noção específica do século XX, que podemos definir como propriedade objetiva de certos textos reconhecível por critérios linguísticos, e que os distingue, no vasto campo das produções verbais, como integrantes de área mais restrita a que chamamos *literatura*. Ora, tomado nessa acepção, "literário", na passagem em apreço, constituiria exatamente "um sentido [...] historicamente específico", e assim tornaria o enunciado contraditório nos seus próprios termos, o que só não ocorre caso leiamos as aspas com a significação que propusemos.

Lamentavelmente, no entanto, o autor não é consequente com essa exigência de rigor que ele próprio se faz, pois um pouco antes, tomando por absoluto um conceito restrito ao século XX – o de literariedade –, afirma o seguinte: "Alguns textos nascem literários, alguns obtêm literariedade, e a outros a literariedade lhes é introduzida à força" (Eagleton, 1987 [1983], p. 8-9; tradução nossa). Ora, isso não é mais que um disparate: um texto de uma época em que não vigora a ideia de que existe certa propriedade verificável que carimba certas obras como especificamente literárias, isto é, como dotadas de literariedade, enquanto a outros sonega esse carimbo, por lhes faltar a tal propriedade requisitada, simplesmente não pode *nascer literário*. Vejamos um exemplo: um sermão de Vieira não é nem deixa de ser literário, simplesmente porque a distinção literário/não literário não se fazia no século XVII. De modo que, permanecendo no nosso exemplo, um sermão de Vieira não nasce literário, tampouco tem capacidade para *obter* literariedade, bem como esta não se lhe pode introduzir à força, a não ser que – claro – nos contentemos com a complacência do vale-tudo dos anacronismos.

Para concluir, vejamos mais uma passagem em que Eagleton ignora por completo a recomendação de não perder de vista a historicidade dos conceitos com que se opera. O trecho é o seguinte:

> Na Inglaterra setecentista, o conceito de literatura não se encontrava restrito, como às vezes está hoje, aos escritos "criativos" ou "imaginativos". Tinha em vista todo o conjunto de escritos valorizados em sociedade: filosofia, história, ensaios e cartas, bem como poemas. O que tornava "literário" um texto não era o fato de ser ou não ficcional – o século XVIII tinha sérias dúvidas sobre se a forma recém-inaugurada do romance constituía mesmo literatura –, mas se era ou não conforme a certos padrões das belas-letras (Eagleton, 1987 [1983], p. 17; tradução nossa).

Ora, na Inglaterra do Setecentos – e, acrescente-se, em todas as sociedades letradas do Ocidente da mesma época –, o conceito de literatura não estava restrito a isso ou àquilo, porque não havia conceito de literatura; o "conjunto de escritos valorizados em sociedade" não era literatura – conceito, de resto, então inexistente –, e, aliás, o próprio autor logo em seguida acaba por nomear tal conjunto com a expressão *belas-letras*, coisa a rigor distinta de literatura; e, por fim, terceira imprecisão, contida em espaço tão pequeno: "poemas" faziam parte das belas-letras, porém filosofia, história e cartas, não.

Como se vê, o manual de Terry Eagleton, à semelhança de seus congêneres do século XX, opta claramente pelo modo de exposição a que chamamos *conceitual*. A par disso, manifesta a saudável intenção de manejar os conceitos com que trabalha – sobretudo, como vimos, o conceito central da área, o de literatura, naturalmente – sem perder de vista seu caráter apenas contingencial e histórico, sem tomá-los, portanto, como ideias alheias aos trancos e barrancos da história, ponto de vista que, se adotado, implicaria considerá-los noções situadas fora do tempo, eternas, por conseguinte, assim implicitamente legitimando filosofias da história incompatíveis com a própria orientação marxista adotada pelo autor. Ele fica, no entanto, como julgamos ter demonstrado, apenas nas boas intenções, perdendo-se em dolorosos anacronismos, que comprometem por completo a precisão e o rigor de seus argumentos.

3

Tentemos agora arrematar essas breves observações, na expectativa de que delas possamos extrair subsídios para nossas reflexões sobre o objeto literatura, que nos orientem no que escrevemos e ensinamos a seu respeito.

Na área da nossa especialização, durante todo o século XX, o ponto de vista de base historiográfica tornou-se alvo de uma contestação generalizada, até chegar praticamente a transformar-se em verdadeira impertinência, mal tolerada, e vista como mero estorvo para um delineamento adequado do campo dos estudos literários. No entanto, parece haver, para uma construção consistente desse campo, dependência recíproca entre a perspectiva conceitual e a historiográfica, como indica a rápida análise que fizemos dos poucos textos por nós estrategicamente selecionados.

O sumário trajeto que perfizemos, assim, teve por objetivo mostrar as dificuldades para compor, na reflexão sobre a literatura, os elementos historiográfico e conceitual. Vimos que De Sanctis, optando pelo historiográfico, parte do pressuposto de que o conceito de literatura não precisa ser definido, por óbvio, e, assim, sem se extraviar com abstrações, parte direto para a narrativa dos fatos concretos – as canções, os documentos, o contexto da época em que foram produzidas –, tarefa por excelência do historiador, pelo menos do historiador tradicional. Eagleton, por seu turno, valoriza os conceitos, cultor que é da teoria, e até mesmo dá satisfações sobre a necessidade de não perder de vista a história, mas falha inteiramente na tentativa de os colocar em perspectiva histórica, trabalhando o tempo todo com anacronismos impressentidos. Schlegel, por fim, quer fazer história, mas não desdenha dos conceitos; ao tentar, contudo, arrumar, na sua narrativa, um cantinho para os conceitos, acaba por entorná-los no rio do tempo histórico, onde eles se perdem ou se desmancham.

4

E há saída para esse dilema? – perguntará um daqueles alunos atentos e interessados, que admiramos, e que às vezes nos desconcertam, pelo embaraço que nos causam certas questões que levantam. Respondo que não sei, mas acho que sim.

Diria que é preciso equilibrar-se entre exigências contraditórias. Por um lado, admitir que existem fatos, relativamente independentes de nossos apriorismos teóricos, e por isso não se deve desdenhar do trabalho paciente da pesquisa em fontes e arquivos, sendo, pois, perfeitamente dignos, por exemplo, projetos de índices, inventários bibliográficos, recuperação e edição de textos, estabelecimento de cronologias, etc., muitas vezes mais interessantes para nossa comunidade estudiosa do que interpretações mais ou menos idiossincráticas de "novos objetos", hoje tão em alta no mercado de bens acadêmicos. Por outro lado, não perder de vista que, sem teoria, não se alcança a inteligência dos fatos, e por isso não menos importante é dedicar-se ao pensamento especulativo e abstratizante, à reflexão sobre os fundamentos teóricos e metodológicos das nossas disciplinas, de modo que, no discurso delas, nada afirmemos sem ao mesmo tempo explicitar e pôr em questão as bases do que enunciamos, pois, parafraseando um conhecido lema de velhos políticos brasileiros, o preço do rigor é a eterna vigilância.

10. EM DEFESA DA HISTÓRIA LITERÁRIA

1

Antes de entrar no assunto anunciado por nosso título, pedimos licença para dar publicidade a uma reminiscência. Nos anos 1980, em um colóquio realizado no Programa de Pós-Graduação em Letras da Universidade do Estado do Rio de Janeiro (Uerj), ouvimos do professor Francisco Iglésias (1923-1999), em tom de brincadeira mais ou menos séria, a afirmação de que os historiadores interessados no nosso século XIX, em um movimento talvez inconsciente de identificação afetiva com o objeto de suas pesquisas, em sua maioria tornavam-se monarquistas nostálgicos e convictos. Pois bem: tendo dedicado muita atenção ao estudo das realizações na área da nossa historiografia literária – por sinal, produzidas no século XIX ou, quando não, impregnadas do espírito oitocentista –, pode ser que coisa parecida tenha acontecido conosco, a ponto de empreendermos agora uma espécie de apologia da história da literatura como disciplina, contra o pensamento hoje amplamente hegemônico no ambiente universitário. Se a reflexão que se segue degenerar em algo assim, fique o dito pelo não dito;

se, porém, como pretendemos, tiver alguma pertinência como subsídio para a formação acadêmica de especialistas em literatura, que seja levada em conta.

2

Sabe-se que, no campo dos estudos literários, a história da literatura há muito perdeu o prestígio acadêmico de que desfrutou por tanto tempo – *grosso modo*, por todo o século XIX e até meados do XX –, a ponto de ser considerada por muitos apenas uma "exigência caduca dos exames oficiais" (Jauss, 1994 [1967], p. 5). Vários fatores convergiram para determinar tamanho descrédito da disciplina, dos quais destacamos dois: a crise do nacionalismo, seu apoio ideológico; a superação estética dos dois grandes estilos literários oitocentistas, o romantismo e o realismo, com os quais ela compartilhou a opção por narrativas de enredo linear, nas quais se concatenam com clareza o início, o meio e o fim. Minados assim esses fundamentos, a história da literatura começou a desmoronar, abrindo espaço, no âmbito dos estudos literários, para a ascensão da sua rival novecentista, a teoria da literatura.

Ora, seria plenamente possível argumentar no sentido de defender a firmeza dos fundamentos citados. Muito sumariamente, digamos apenas: o nacionalismo não só não perdeu a razão de ser por causa da globalização, mas também até mesmo se revitaliza em função dela, como forma de coesão social potencialmente apta a enfrentar certas decorrências perversas do próprio processo de globalização; a linearidade narrativa não constitui fórmula para sempre superada pelas experiências da vanguarda modernista e por tendências pós-modernas, sendo antes uma possibilidade técnica que, na sua singeleza, corresponde perfeitamente a virtualidades da linguagem, tanto que continua a ser acionada, mesmo no âmbito das vanguardas e tendências referidas. Mas deixemos de lado esse caminho argumentativo por demais abstrato para nossos objetivos presentes. Concentremo-nos tão somente no problema do papel desempenhado pelas instâncias disciplinares básicas – teoria da literatura e história da literatura – para a formação universitária no campo de Letras.

Caso levemos ao pé da letra a propalada falência da história da literatura como disciplina, para sermos consequentes devemos eliminá-la do plano de estudos dos aspirantes a especialistas em literatura. Com isso, o acesso à literatura como objeto de reflexão e pesquisas se faria pela via única da teoria da literatura, concebida como construção conceitual alheia a qualquer referencial histórico. Assim, por exemplo, o aprendiz ouviria falar de gêneros literários; seria, pois, instruído sobre a ideia de romance, mas não poderia saber que esse gênero ganhou um impulso novo e decisivo no século XIX, pela razão simples de que tal informação só pode encontrar-se disponível em um quadro de compreensão histórica da literatura, isto é, no âmbito da história literária. Ora, convenhamos que tal situação – se é que é possível imaginá-la, por tão absurda – seria naturalmente desastrosa, pois, salvo demonstração em contrário, não há como construir um entendimento do objeto cultural chamado *literatura* pelo caminho exclusivo da teoria, sem uma constante remissão à contínua reconfiguração desse objeto segundo o decurso do tempo, isto é, conforme o ritmo da história.

Lembremos a propósito a recomendação de um especialista visando à elaboração de um projeto de estudos destinado à iniciação em filosofia. Diz ele: "Introduza-se à Filosofia por via histórica [em outros termos, pela história da filosofia] ou pela porta da Lógica, de acordo com sua disposição atual, mas não descuide de nenhum dos dois polos" (Bunge, 1987 [1980], p. 239). Se em vez de filosofia o objeto for a literatura, deve-se conservar a essência do preceito, com pequena adaptação: introduza-se à literatura pela história da literatura ou pela teoria da literatura, mas não descuide de nenhum dos dois polos. Diríamos até mesmo mais: tanto em um caso como no outro – o da filosofia e o da literatura –, é muito provável que a iniciação via história seja mais produtiva e eficiente do que a introdução pelo caminho da lógica/teoria; é que a história, em vez das abstrações incolores do puro cálculo, talvez demasiado áridas para estimular os primeiros passos, constitui-se sob a forma de narrativa, meio em princípio mais aparelhado para maior aproximação com a textura concreta das coisas. Assim, em um livro de história da literatura, em vez dos raciocínios abstratizantes de um tratado de teoria, acompanhamos a movimentação de um enredo, cujo efeito se assemelha ao de um romance: não faltam personagens – os autores e obras –, bem como um conflito – a luta de uma cultura literária em busca de sua autenticidade nacional –, tudo isso narrado sob a forma de episódios – os períodos ou as épocas –, configurando uma progressão em que há início, meio e fim, dos prenúncios da literatura de um país à consumação do seu destino.

Não gostaríamos, contudo, que a defesa aqui empreendida venha a ser interpretada como uma apologia ingênua da história da literatura. Naturalmente, estamos advertidos para as vulnerabilidades conceituais da disciplina: sua aceitação de uma noção sumária e grosseira de literatura, sua tendência para a linearidade evolucionista, sua propensão para o nacionalismo exclusivista e acrítico, sua predisposição para conceber as circunstâncias do contexto – físico-geográficas, étnicas, históricas, culturais, sociais, econômicas – como fatores determinantes da produção literária, etc. No entanto, apesar dessas limitações, a história da literatura fornece como que um mapa do tempo, sem o qual será impossível mover-se com um mínimo de proficiência no domínio dos estudos literários. Além disso, até para perceber-lhe as limitações é indispensável conhecê-la: "É preciso por assim dizer jogar fora a escada depois de ter subido por ela" (Wittgenstein, 1968 [1921], p. 129).

GLOSSÁRIO[1]

Cânone: conjunto das chamadas *obras-primas*, os textos clássicos da tradição literária ocidental, tidos por esteticamente superiores e assim credenciados à admiração universal. Por meio da historiografia literária, campo essencialmente dedicado ao estudo da produção literária específica de cada nação, constituíram-se também os cânones nacionais, isto é, conjuntos de obras consagradas no âmbito de certa cultura linguístico-literária nacional particular.

Colégio Pedro II: estabelecimento de ensino secundário concebido como padrão para a institucionalização de um sistema de educação pública no Brasil recém-independente. Foi criado no Rio de Janeiro em 1837, por meio da estatização de um antigo colégio religioso, o Seminário de São Joaquim, por sua vez sucessor do Seminário dos Órfãos de São Pedro, fundado em 1739. Com a proclamação da república, teve seu nome alterado para Ginásio Nacional, mas depois retomou seu antigo nome imperial. Hoje, constitui uma rede federal de educação fundamental, básica e média, além de abrigar cursos de pós-graduação, contando com vários *campi* na região metropolitana do Rio de Janeiro.

[1] Alguns dos verbetes aqui incluídos, por vezes com retoques, constam também dos glossários de outros títulos do autor integrantes da Biblioteca Humanidades: *História da literatura* (2014) e *Um pouco de método* (2016).

História: sucessão de eventos na linha do tempo. Usa-se também a palavra para nomear um saber especializado ou disciplina acadêmica, cujo objetivo é reconstituir eventos passados, a fim de apresentá-los de modo sistemático e cronologicamente ordenado. Pode-se distinguir entre uma história geral, que normalmente consiste em narrativa que articula as dimensões política, diplomática e administrativa de formações sociais diversas, das nacionais à mundial, e histórias específicas de setores particulares da vida social, como história econômica, cultural, militar, religiosa, das artes, da literatura, etc., etc. Tanto história geral das várias nações como história mundial passaram a integrar os sistemas escolares dos estados nacionais ocidentais modernos.

História da literatura: primeira das realizações modernas no âmbito dos estudos literários, nas suas origens oitocentistas conheceu basicamente três modelos conceituais, frequentemente combinados na sua prática efetiva – o biográfico-psicológico, o sociológico e o filológico. Trata-se de disciplina romântico-realista, que impugnou o paradigma clássico retórico-poético, mediante um estudo da literatura fortemente referenciado ao contexto, especialmente aos das diversas nacionalidades modernas, entendido como uma harmoniosa integração entre natureza, história e sociedade. Principal circunscrição dos estudos literários no século XIX, tendo de certo modo se imposto à crítica ou a absorvido, no século XX passou a sofrer a concorrência de um novo modo de representar e estudar o objeto literário, que veio a chamar-se *teoria da literatura*.

História literária: houve tentativas de estabelecer uma distinção conceitual entre *história literária* e *história da literatura*, porém por meio de definições tão fluidas que não se tornaram de uso geral. Assim, *história literária*, *história da literatura*, bem como *historiografia literária*, no emprego comum constituem designações alternativas para o mesmo conceito.

Historicismo: ponto de vista epistemológico segundo o qual todos os fenômenos da sociedade – e, em certo sentido, até mesmo os da natureza – explicam-se em última análise por sua historicidade, isto é, por seu caráter de fenômenos cujo modo de ser se enraíza na história. Assim, o ser de cada coisa coincidiria com a sua história, de modo que, aplicado o princípio à literatura, esta não seria senão a própria história da literatura. Para o historicismo, por conseguinte, a história se constitui como ciência superior, referência para as demais e instância suprema da razão.

Historiografia: dados os dois sentidos da palavra *história* – "sucessão dos próprios eventos" e "discurso narrativo desses eventos" –, *historiografia* é o mesmo que *história* no segundo sentido, ou seja, é a escrita da história ou o produto dessa ação: história-discurso, portanto, e não história-evento. O termo também significa estudo crítico das obras de história.

Letras: em sua origem, trata-se de um plural com valor coletivo, significando, assim, "carta" ou qualquer "obra escrita", isto é, não um caractere da escrita isolado – *uma* letra –, mas um conjunto deles – *letras* –, constituindo um texto escrito. Como escrever e ler cartas ou obras escritas em geral demandava um *know how* específico, os indivíduos que o adquiriam passavam a *ter* letras, e assim a palavra passa a significar também um "atributo do sujeito letrado", ou seja, pessoa instruída nas técnicas correlativas de ler e escrever; em outros termos, assume o significado de "instrução ou cultura". Como conjunto de obras escritas, as letras abrangiam todos os gêneros – cartas, relatórios, sermões, textos legais, história, filosofia, obras científicas e técnicas em geral, bem como aqueles que hoje consideramos literários em sentido estrito, isto é, poemas, narrativas de ficção, peças dramáticas –, coincidindo assim com um dos significados assumidos pelo termo *literatura* a partir de fins do século XVIII/início do XIX. Hoje, como se sabe, usamos a palavra *letras* para designar uma área de especialização universitária, em que se estudam correlativamente línguas e literaturas; há uma tendência recente, contudo, de empregá-la para designar apenas a subárea dos estudos literários, reservando-se o termo *linguística* para rotular a subárea constituída pelos estudos de línguas.

Literatura: no sentido primitivo, significa "conhecimento das letras", isto é, "capacidade de ler e escrever"; por extensão, passa a significar também "atributo adquirido com esse conhecimento", isto é, "cultura, saber, instrução, erudição". Mais tarde, oblitera-se o primeiro sentido – "habilidade de ler e escrever" –, mantendo-se o de "cultura ou instrução", ao mesmo tempo que a palavra adquire um sentido novo, o de "conjunto ou corpo de escritos", significado, aliás, originário da palavra *letras* ("conjunto de obras escritas"). Enfim, perde-se também o sentido de "cultura ou instrução", e o vocábulo, por volta de fins do século XVIII, investe-se do sentido básico que tem hoje: "certo conjunto de obras escritas bastante heterogêneo", significado que coincide com uma das acepções da palavra *letras*. Em um lapso de tempo breve, contudo, sem perder completamente a acepção abrangente de "corpo de escritos em geral", a palavra *literatura* passa a usar-se mais especificamente para designar apenas uma "parte desse conjunto, aquela constituída por obras de caráter estético", isto é, pertencentes aos gêneros lírico, narrativo ou dramático. Nessa acepção moderna de "conjunto de obras escritas", torna-se objeto da história literária, disciplina cuja meta é caracterizar tais conjuntos segundo sua identificação com as tradições nacionais de cada povo, assim se construindo literaturas específicas definidas por sua nacionalidade, como literatura portuguesa, literatura brasileira, literatura francesa, etc. Tais literaturas nacionais integraram-se aos sistemas escolares públicos dos modernos estados ocidentais, na condição de matérias de ensino, primeiro coexistindo com retórica e poética, para depois se tornarem as únicas disciplinas responsáveis pela educação literária dos estudantes.

Poética: uma das artes clássicas dos discursos, ao lado de gramática, retórica e filologia. Dotada de uma dimensão especulativa e outra normativa, esta acabou historicamente se impondo, praticamente a transformando em um conjunto de regras e preceitos orientadores da prática dos poetas e dos juízos sobre o mérito das composições poéticas, consolidadas em tratados, compêndios ou manuais, ditos *artes poéticas*, ou, por redução, *poéticas*. Desde sempre objeto de ensino, passou a integrar os sistemas escolares nacionais implantados no Ocidente a partir de fins do século XVIII, na condição de matéria dos currículos, até ser substituída, nessa função, pelas histórias literárias nacionais.

Retórica: uma das artes clássicas dos discursos, ao lado de gramática, poética e filologia. Concebida originariamente como técnica para a composição de discursos a serem proferidos em público, com a finalidade de persuadir, convencer, entreter ou deslumbrar os auditórios, logo foi aplicada também aos diversos gêneros de textos escritos, constituindo-se em referencial tanto para a prática dos escritores quanto para o julgamento do mérito de suas obras. Do mesmo modo que a poética, teve sua dimensão normativa superdimensionada, em detrimento do vigor especulativo, até reduzir-se a uma espécie de grande taxionomia de arranjos verbais considerados especialmente expressivos, ditos genericamente *figuras de linguagem*. Matéria de ensino desde suas origens remotas e quase lendárias, integrou também os sistemas de ensino dos estados ocidentais modernos, circulando nos colégios sob a forma de compêndios e manuais – chamados *artes retóricas*, ou simplesmente *retóricas* –, até desaparecer dos currículos, com a passagem gradual da educação literária para a alçada de uma nova disciplina, história literária nacional, ou, no termo abreviado que prevaleceu, simplesmente *literatura*.

Teoria da literatura: resultante da convergência entre correntes que no início do século XX se opuseram aos princípios da história literária – como, sobretudo, a estilística franco-germânica, o formalismo eslavo, o *new criticism* anglo-norte-americano –, a teoria da literatura, privilegiando uma perspectiva estética, se propôs estudar a literatura na sua imanência, isto é, centrando a atenção no próprio texto, concebido como arranjo verbal intransitivo, assim abstraindo-se o mais possível de dados contextuais, como a vida do autor, seus condicionamentos sociais, os reflexos da sociedade eventualmente presentes nas obras. Trata-se, pois, de uma disciplina modernista, identificada com a ideia de literatura como autorreferência, e, desse modo, distanciada do conceito de obra literária como representação, típico das concepções romântico-realistas referendadas pela história literária.

REFERÊNCIAS

AZEVEDO, [Manuel Antônio] Álvares de. *Literatura e civilização em Portugal* [*circa* 1850]. Edição de Roberto Acízelo de Souza. Rio de Janeiro: Caetés, 2016.

BANDEIRA, Manuel. *Noções de história das literaturas*. 5. ed. Rio de Janeiro: Fundo de Cultura, 1960 [1940]. 2 v.

BARBOSA, João Alexandre. A biblioteca imaginária ou O cânone na história da literatura brasileira. In: ______. *A biblioteca imaginária*. São Caetano do Sul: Ateliê, 1996. p. 13-58.

BITTENCOURT, Liberato (general). *Nova história da literatura brasileira*: sob moldes rigorosamente filosóficos e científicos, em três partes distintas, a mais brasileira das publicações do século. Rio de Janeiro: Oficinas Gráficas do Ginásio 28 de Setembro, 1942-1949. 7 v.

BOLOGNINI, Carmen Zink (Org.). *História da literatura: o discurso fundador*. Campinas: Mercado de Letras/Associação de Leitura do Brasil; São Paulo: Fapesp, 2003.

BROCA, Brito; SOUSA, J. Galante de. *Introdução ao estudo da literatura brasileira*. Rio de Janeiro: Instituto Nacional do Livro, 1963.

BUNGE, Mario. Carta a um aprendiz de epistemologia. In: ______. *Epistemologia*: curso de atualização. São Paulo: T. A. Queiroz, 1987 [1980]. p. 237-40.

CAMPOS, Haroldo. *O sequestro do barroco na formação da literatura brasileira: o caso Gregório de Matos*. Salvador: Fundação Casa de Jorge Amado, 1989.

CANDIDO, Antonio. *Formação da literatura brasileira*: momentos decisivos. 4. ed. São Paulo: Martins, 1971 [1959]. 2 v.

______. Introdução. In: HOLANDA, Sérgio Buarque de. *Capítulos de literatura colonial*. Organização e introdução de Antonio Candido. São Paulo: Brasiliense, 1991. p. 7-24.

CARVALHO, Francisco Freire de. *Primeiro ensaio sobre história literária de Portugal*: desde a sua mais remota origem até o presente tempo [...]. Lisboa: Tipografia Rolandiana, 1845.

CASTRO, Sílvio de (Dir.). *História da literatura brasileira*. Lisboa: Alfa, 1999. 3 v.

COUTINHO, Afrânio. *Conceito de literatura brasileira*: ensaio. Rio de Janeiro: Acadêmica, 1960.

______. (Dir.) *A literatura no Brasil*. Rio de Janeiro: Sul América, 1968-1971 [1955-1959]. 6 v.

______. (Org.). *Caminhos do pensamento crítico*. Rio de Janeiro: Pallas; Brasília: Instituto Nacional do Livro, 1980. 2 v.

DE SANCTIS, Francesco. *Storia della letteratura italiana*. A cura di Francesco Flora. Milano: Antonio Vallardi Ed., 1950 [1870-1871].

DÓRIA, Escragnolle. *Memória histórica comemorativa do 1º centenário do Colégio de Pedro II*. Rio de Janeiro: Ministério da Educação, [1937].

EAGLETON, Terry. *Literary theory*: an introduction. 9. ed. Minneapolis (MN): University of Minnesota Press, 1987 [1983].

FERREIRA, Joaquim. *História da literatura portuguesa*. Porto: Domingos Barreira Ed., 1939.

FERREIRA, [Luís] Pinto. *Interpretação da literatura brasileira*. Rio de Janeiro: José Konfino Ed., 1957.

FIGUEIREDO, Fidelino. *História literária de Portugal*: séculos XII-XX. São Paulo: Companhia Ed. Nacional, 1966 [1944].

FRANCHETTI, Paulo. História literária: um gênero em crise. *Revista SemeaR*, Rio de Janeiro, Cátedra António Vieira de Estudos Portugueses / PUC-Rio, n. 7, sem paginação, [201?]. Disponível em: <http://www.letras.puc.rio.br/unidade&nucleos/catedra/revista/7Sem_18.html>.

FREIRE, Luís José Junqueira. *Elementos de retórica nacional.* Rio de Janeiro: Eduardo & Henrique Laemmert, 1869.

GUMBRECHT, Hans Ulrich. The origins of literary studies – and their end? *Stanford Humanities Review*, Stanford, n. 6, v. 1, p. 1-10, 1998.

JAUSS, Hans Robert. *A história da literatura como provocação à teoria literária*. Tradução de Sérgio Tellaroli. São Paulo: Ática, 1994 [1967].

LAJOLO, Marisa. No jardim das letras, o pomo da discórdia. In: *Boletim ¾*. Porto Alegre: Associação de Leitura do Brasil/Sul, 1988. p. 10-27.

LANSON, Gustave. *Histoire de la littérature française*. Paris: Hachette, 1896 [1894].

LIMA, Alceu Amoroso. *Quadro sintético da literatura brasileira*. 3. ed., revista e aumentada. Rio de Janeiro: Ed. de Ouro, 1969 [1956].

LIMA, Luiz Costa. *Concepção de história literária na Formação*. In: ______. *Pensando nos trópicos:* dispersa demanda II. Rio de Janeiro: Rocco, 1991. p. 149-66.

______. A *estabilidade da noção de história da literatura.* In: JOBIM, José Luís et al. (Org.). *Sentidos dos lugares.* Rio de Janeiro: Abralic, 2005. p. 52-58.

LIMA, [Manuel de] Oliveira. *Formação histórica da nacionalidade brasileira*. 2. ed. Rio de Janeiro: Topbooks, 1997 [1911].

LITRENTO, Oliveiros. *Apresentação da literatura brasileira.* Rio de Janeiro: Biblioteca do Exército Ed.; Forense-Universitária, 1974. 2 v (v. 1: história literária; v. 2: antologia).

MACHADO, Diogo Barbosa. *Biblioteca lusitana*: histórica, crítica e cronológica [...]. Lisboa: Oficina de Antônio

Isidoro da Fonseca (v. 1) / Oficina de Inácio Rodrigues (v. 1, 2 e 3) / Oficina Patriarcal de Francisco Luís Ameno (v. 4), 1741-1759. 4 v.

MOOG, Vianna [Clodomir]. *Uma interpretação da literatura brasileira*. Porto Alegre: Instituto Estadual do Livro, 2006 [1943].

NUNES, Benedito. Historiografia literária do Brasil. In: ______. *Crivo de papel*. Rio de Janeiro: Fundação Biblioteca Nacional; Mogi das Cruzes, SP: Universidade de Mogi das Cruzes; São Paulo: Ática, 1998. p. 205-46.

PALMA-FERREIRA, João. Prefácio. In: BRAGA, Teófilo. *História da literatura portuguesa*. Lisboa: Imprensa Nacional-Casa da Moeda, 1984. v. 1, p. 7-56.

PEDROSA, Célia. Nacionalismo. In: JOBIM, José Luís (Org.). *Palavras da crítica*; tendências e conceitos no estudo da literatura. Rio de Janeiro: Imago, 1992. p. 277-306.

PINHEIRO, Joaquim Caetano Fernandes. *Historiografia da literatura brasileira*: textos inaugurais. Organização, apresentação e notas de Roberto Acízelo de Souza. Rio de Janeiro: Eduerj, 2007.

PORTELLA, Eduardo. *Literatura e realidade nacional*. Rio de Janeiro: Tempo Brasileiro, 1963.

REIS, Francisco Sotero dos. *Curso de literatura portuguesa e brasileira*: fundamentos teóricos e autores brasileiros. Organização de Roberto Acízelo de Souza. Rio de Janeiro: Caetés, 2014.

REMÉDIOS, [Joaquim] Mendes dos. *História da literatura portuguesa:* desde as origens até a atualidade. Coimbra: Atlântida, 1930.

ROMERO, Sílvio. *História da literatura brasileira*. Organização de Luiz Antônio Barreto. Rio de Janeiro: Imago; Aracaju: Universidade Federal de Sergipe, 2001. 2 v.

SALGADO JÚNIOR, António. História literária em Portugal. In: COELHO, Jacinto Prado (Dir.). *Dicionário de literatura*. Porto: Figueirinhas; Rio de Janeiro: José Aguilar, 1973 [1959]. v. 1, p. 394-98.

SARAIVA, António José; LOPES, Óscar. *História da literatura portuguesa*. 7. ed. corrigida e atualizada. Santos: Martins Fontes, 1973 [1955].

SCHLEGEL, Friedrich von. Introdução (à história da literatura europeia) [1803-1804]. Tradução de Luiz Costa Lima, com a colaboração de Johannes Kretschmer. In: SOUZA, Roberto Acízelo de (Org.). *Uma ideia moderna de literatura*: textos seminais para os estudos literários (1688-1922). Chapecó: Argos, 2011. p. 501-10.

SILVA, Joaquim Norberto de Sousa. *Capítulos de história da literatura brasileira*: e outros estudos. Edição e notas de José Américo Miranda e Maria Cecília Boechat. Belo Horizonte: Faculdade de Letras da UFMG, 2001.

______. *História da literatura brasileira*: e outros ensaios. Organização, apresentação e notas de Roberto Acízelo de Souza. Rio de Janeiro: Zé Mário Ed./Fundação Biblioteca Nacional, 2002.

SILVA, Maximiano de Carvalho. Tempos de magistério superior (1935-1953). In: ______. *Sousa da Silveira*: o homem e a obra; sua contribuição à crítica textual no Brasil. Rio de Janeiro: Presença, 1984. p. 52-87.

SODRÉ, Nélson Werneck. *Síntese do desenvolvimento literário no Brasil*. São Paulo: Martins, 1943.

SOUZA, Roberto Acízelo de. *O império da eloquência*; retórica e poética no Brasil oitocentista. Rio de Janeiro: Eduerj/Niterói: Eduff, 1999.

______. Os estudos literários: fim(ns) e princípio(s). *Itinerários*: Revista de Literatura, Araraquara, n. 33, p. 15-38, jul./dez. de 2011.

______ (Org.). *Uma ideia moderna de literatura*: textos seminais para os estudos literários (1688-1922). Chapecó, Argos, 2011a. p. 501-10.

SOUZA, Roberto Acízelo de (Org.). *Historiografia da literatura brasileira*: textos fundadores (1825-1888). Rio de Janeiro: Caetés, 2014. 2 v.

______. *Na aurora da literatura brasileira*: olhares portugueses e estrangeiros sobre o cânone literário nacional em formação (1805-1885). Rio de Janeiro: Caetés, 2017.

SÜSSEKIND, Flora. Rodapés, tratados e ensaios: a formação da crítica brasileira moderna. In: ______. *Papéis colados*. Rio de Janeiro: Ed. da UFRJ, 1993. p. 13-33.

VERÍSSIMO, José. *História da literatura brasileira*: de Bento Teixeira (1601) a Machado de Assis (1908). 5. ed. Prefácio de Alceu Amoroso Lima. Rio de Janeiro: José Olympio, 1969 [1916].

WITTGENSTEIN, Ludwig. *Tractatus logico-philosophicus*. Tradução e apresentação de José Arthur Giannotti. São Paulo: Companhia Ed. Nacional / Edusp, 1968 [1921].

ZILBERMAN, Regina. Teoria da literatura e sujeito da enunciação. In: JOBIM, José Luís et al. (Org.). *Lugares dos discursos literários e culturais*. Niterói, RJ: Eduff, 2006. p. 264-86.

ÍNDICE TEMÁTICO

ÍNDICE ONOMÁSTICO